Omniscient Reader's Viewpoint

ART Sleepy-C(3B2S STUDIO)
ADAPTION UMI(REDICE STUDIO)
STORY singNsong

OMNISCIENT READER'S VIEWPOINT

INHALTSVERZEICHNIS

CHARAKTERE

Sangah Yu
Dokjas
Kollegin

Suyeong
Han
Plagiatsautor

Seolhwa
Lee
Gift-
schönheit

Ilsang
Myeong
Rückkehrer

Das fünfte Szenario

EP. 16

EP. 16

Omniscient Reader's Viewpoint

Bihyeong!
BRZZZZT
BRZZZZZT
Na, alles klar bei dir?
Kannst du jetzt wieder reden? Was ist mit dem mittelrangigen Dokkaebi passiert?
BLICK
Kann nur ich ihn sehen?
Der ist doch echt unfassbar. Jetzt will er plötzlich trainieren?
Der kommt so schnell nicht wieder. Er hat eine saftige Strafe kassiert.
Bis das fünfte Szenario offiziell anfängt, wird der sich nicht mehr blicken lassen.
SWUSCH
Das habe ich schon erwartet, nachdem er angefangen hat, einfach alles nach Belieben abzuändern.

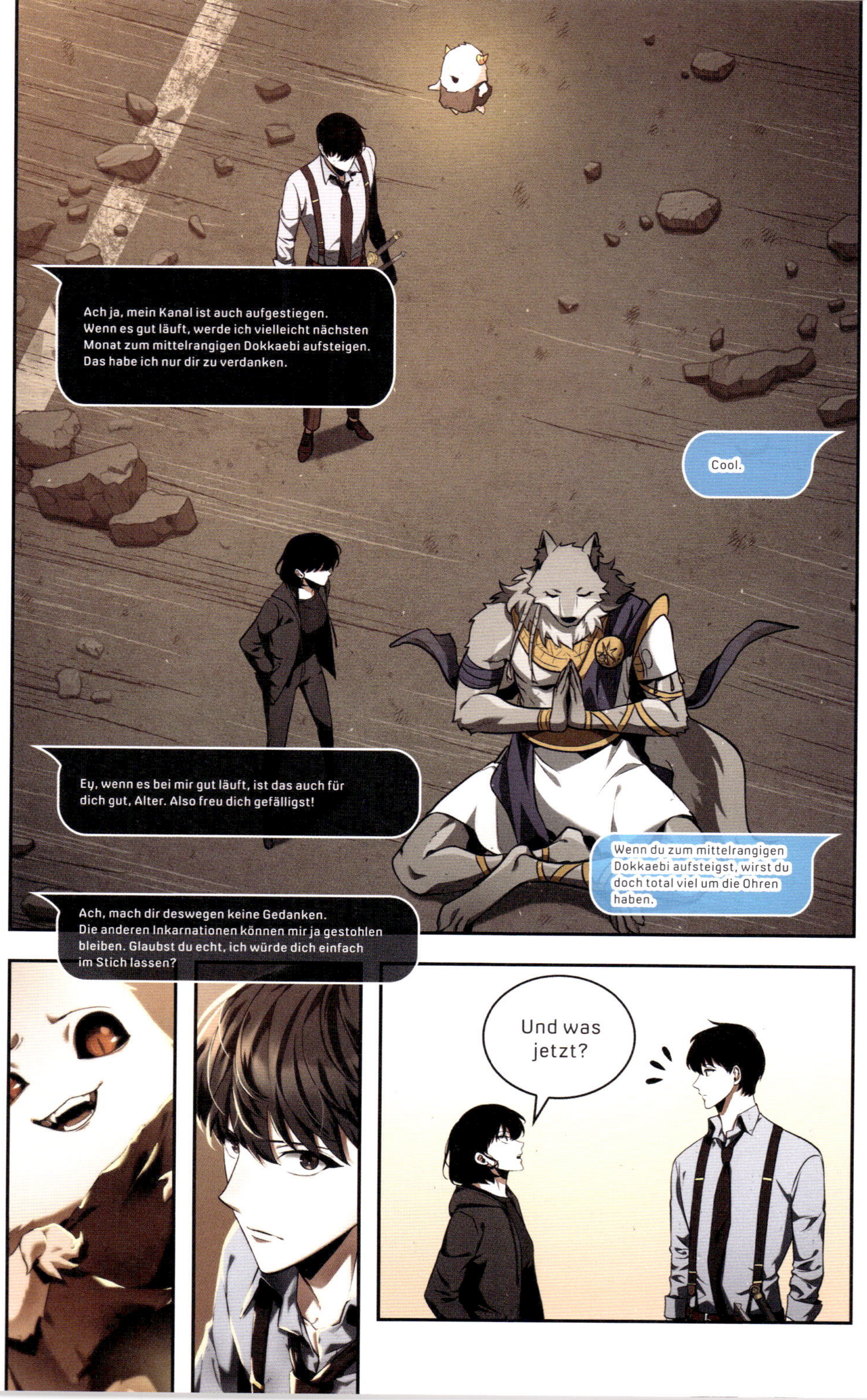
Ach ja, mein Kanal ist auch aufgestiegen. Wenn es gut läuft, werde ich vielleicht nächsten Monat zum mittelrangigen Dokkaebi aufsteigen. Das habe ich nur dir zu verdanken.
Cool.
Ey, wenn es bei mir gut läuft, ist das auch für dich gut, Alter. Also freu dich gefälligst!
Wenn du zum mittelrangigen Dokkaebi aufsteigst, wirst du doch total viel um die Ohren haben.
Ach, mach dir deswegen keine Gedanken. Die anderen Inkarnationen können mir ja gestohlen bleiben. Glaubst du echt, ich würde dich einfach im Stich lassen?
Und was jetzt?

Keine Ahnung, ich denk nach.
Lass mich das doch lieber lernen.
Was?
Diesen Pfad des Windes oder wie auch immer das heißt. Das muss doch einfach nur irgend-jemand lernen, oder?
Dann ist es doch eigentlich egal, wer von uns, oder nicht?
Das geht nicht.
Nur wer das Schutzsymbol besitzt, kann den **Pfad des Windes** erlernen.
Dann gib mir eben dieses Schutzsymbol.
Das kann man nicht einfach so übertragen.
[Suyeong Han bestätigt deine Worte als wahr.]

...
Du bist die Erste, die noch misstrauischer als Junghyeok ist.
Wenn wir schon bei dem Kerl sind...
Laut Original hätte doch Junghyeok diese Fähigkeit erlenen müssen, oder?
Warum mühst du dich also damit ab?
Du kannst das doch einfach ihm überlassen.
Es ist noch nicht zu spät, also lass uns lieber nach ihm suchen.
Wir trainieren ihn einfach so, wie wir ihn brauchen, und schon ist die Sache gegessen.
Junghyeok lässt sich von anderen nichts sagen.
Dann verführe ich ihn eben.
What?!

Glaubst du, ich schaff das nicht?
Nie im Leben.
Außerdem, selbst wenn wir ihn finden, gibt es da noch ein kleines Problem.
Denn selbst Junhgyeok...
... wird ohne das **Schutzsymbol** den **Pfad des Windes** nicht erlernen können.
Und das wiederum bedeutet, dass er mir das **Schutzsymbol** wegnehmen müsste.
Das Symbol wird allerdings nur nach meinem Tod übertragen.
Und nach dem, was ich ihm angetan habe...
Der Kerl wird mich so was von kaltmachen.
Bei der letzten Begegnung
Und selbst wenn wir ihn suchen gehen, wir haben keine Ahnung, wo...
Hier ist jemand verletzt! Er braucht Hilfe!
Er ist in einem kritischen Zustand!
[Die Konstellation **Dämonischer Richter des Feuers** wartet gespannt auf deine Kameradschaftlichkeit.]

[Mehrere Konstellationen hoffen, dass du den Verletzten heilen wirst.]
TAPP TAPP TAPP TAPP
Was ist passiert?!
Wieso drängen die Konstellationen so?
Ich hab damit nichts zu tun, Alter.
STARR
HIHI
HI

TAPP
Junghyeok?
Das ist doch dein Werk, oder?
Wieso glaubst du immer gleich, dass ich dahinterstecke? Hast du irgendwelche Beweise?
Hast du nicht irgendein Nebenszenario inszeniert, damit er hierherkommt?
Das Timing kann doch kein Zufall sein.
Also gefunden haben wir ihn schon mal. Und jetzt?
Na, was wohl?
[Die Konstellation Dämonischer Richter des Feuers kann deine Entscheidung kaum erwarten.]
[Dir wurden 500 Münzen gespendet.]

Wir müssen ihn wohl oder übel retten. Immerhin ist er der Held der Geschichte.
Aber wenn wir ihn retten, dann...
...
Hast du nicht irgendwas, mit dem wir ihn fesseln können?
Nichts, was ihn in Schach halten würde.
Und wenn wir ihn irgendwo einsperren?
Dann bringt der Kerl sich einfach um.
Stimmt, er kann sich ja regenerieren.
Verdammt! Aber was wird dann aus uns, wenn er sich regeneriert?

Wir müssen ihn fürs Erste davon abhalten.
Schließlich weiß keiner, was sonst passiert.
Aber wer hat den Kerl nur so zugerichtet?
Seine Wunden sehen so aus, als ob ihn jemand gehörig verprügelt hätte.
...
...
War ich das etwa?
Warum guckst du denn so komisch? Du siehst plötzlich so geknickt aus.
Ach, nichts.
Sobald er aufwacht, bin ich mausetot.
War er etwa zwei Tage lang in diesem Zustand, seit ich ihn mit meiner Level-100-Kraft geschlagen habe?

TSCHACK
WAAAAAAH
Hey, kannst du das jetzt nicht einfach vergessen?
Es war ein fairer Sieg, also stellst du dich nicht etwas an?
Du hast doch genauso versucht, mich umzubringen!
Verdammt, warum muss die Hauptfigur in DWDAZÜ auch ausgerechnet so ein Typ sein?!
POCH POCH
Oh Gott, ich bin eindeutig erledigt!
POCH
Wenn nur Hyeonseong oder Heewon die Hauptfigur wäre...

MURMEL
MURMEL
Oh? Versucht er gerade, etwas zu sagen?
Na ja, ist ja klar, was er sagen will: Dokja, du bist tot.
[Lvl. 2 deiner Spezialfähigkeit Allwissender Leser wurde aktiviert!]
Dokja.

Hat er mich gerade gerufen?
Sag, wenn du mich hören kannst. Wenn ihr euch nicht sofort in Bewegung setzt, wird diese Welt…
Du kannst mich doch hören, nicht wahr?
Wenn ich bedenke, wie du dich bisher verhalten hast…
Was?
Hah, ich habe mir das vermutlich doch nur eingebildet, oder? Verdammt…
…

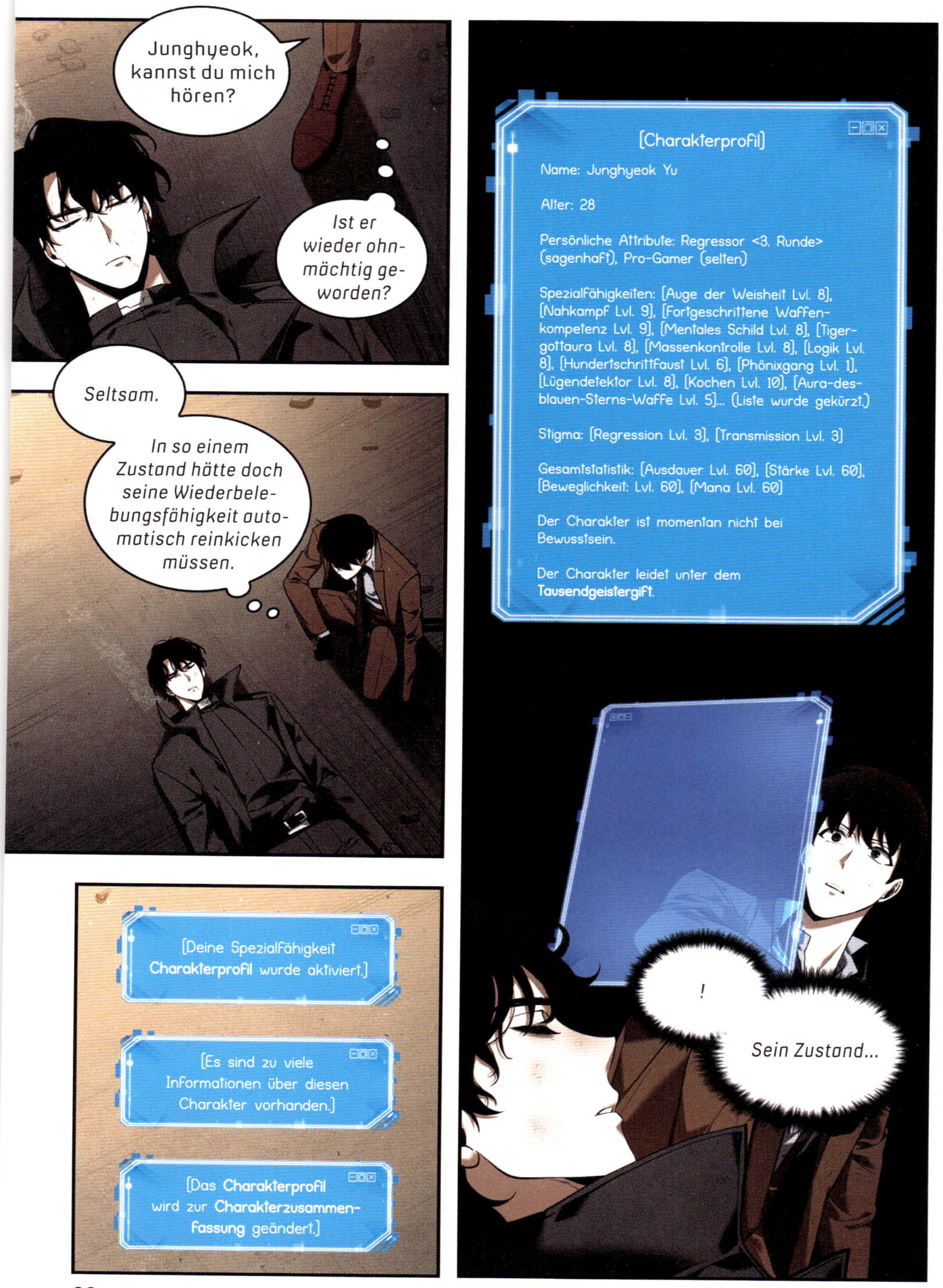
Junghyeok, kannst du mich hören?
Ist er wieder ohnmächtig geworden?
Seltsam.
In so einem Zustand hätte doch seine Wiederbelebungsfähigkeit automatisch reinkicken müssen.
[Deine Spezialfähigkeit Charakterprofil wurde aktiviert.]
[Es sind zu viele Informationen über diesen Charakter vorhanden.]
[Das Charakterprofil wird zur Charakterzusammenfassung geändert.]
[Charakterprofil]
Name: Junghyeok Yu
Alter: 28
Persönliche Attribute: Regressor <3. Runde> (sagenhaft), Pro-Gamer (selten)
Spezialfähigkeiten: [Auge der Weisheit Lvl. 8], [Nahkampf Lvl. 9], [Fortgeschrittene Waffenkompetenz Lvl. 9], [Mentales Schild Lvl. 8], [Tigergottaura Lvl. 8], [Massenkontrolle Lvl. 8], [Logik Lvl. 8], [Hundertschrittfaust Lvl. 6], [Phönixgang Lvl. 1], [Lügendetektor Lvl. 8], [Kochen Lvl. 10], [Aura-des-blauen-Sterns-Waffe Lvl. 5]… (Liste wurde gekürzt.)
Stigma: [Regression Lvl. 3], [Transmission Lvl. 3]
Gesamtstatistik: [Ausdauer Lvl. 60], [Stärke Lvl. 60], [Beweglichkeit: Lvl. 60], [Mana Lvl. 60]
Der Charakter ist momentan nicht bei Bewusstsein.
Der Charakter leidet unter dem Tausendgeistergift.
!
Sein Zustand…

Einer von Junghyeoks wenigen Schwachpunkten am Anfang...
... ist Vergiftung.
Hey... Bist du vielleicht Dokja Kim?
Auf dem Weg hierher hat er dauernd deinen Namen gesagt.
Er meinte, wir sollen ihn zu dir bringen.
!
Ey, was ist hier los?
...
Siehst du jetzt ein, dass ich nichts damit zu tun habe?
Egal. Mach lieber den Dokkaebi-Shop auf.

[Du hast 1x das Item Mitternachtsrendezvous gekauft.]
[Du hast 1x das Item Zweig der alten Barbara gekauft.]
[Du hast 2x das Item Horn des Novizen Daltun gekauft.]
[Du hast 1x das Item Entgiftungskartoffel gekauft.]
[Du hast 2x das Item Heiliges Wasser des Eintertempels gekauft.]
[Du hast 1x das Item Essenz des Ellainwaldes gekauft.]
[Du hast insgesamt 7370 Münzen ausgegeben.]

Wenn er wirklich von dem Tausendgeistergift vergiftet wurde...
... dann genügt die Essenz des Ellainwaldes allein nicht, um ihn zu heilen.
Was machst du denn da?
Ein Gegengift.
Du hast dich also entschieden, ihm zu helfen?

Der Kerl hat mich mit Absicht aufgesucht.
Was? Aber wieso?

Vielleicht will er dich um Hilfe bitten.
Selbst Junghyeok würde sich nicht im halbtoten Zustand so abmühen, nur um dich zu finden und dann umzubringen.
Er könnte so was gar nicht tun.
Woher willst du das wissen?
Ich weiß es einfach, Junghyeok ist nicht so einer.
Hier, ich hab nen Löffel gefunden.

Der Trank sieht so aus, als ob er ihn umbringen würde.
Das muss so.
Oh Mann.
Ihr gebt echt ein richtig hübsches Paar ab.
Willst du es lieber machen?
Nö.
FUUU
Ich würde dir das eh nicht überlassen.
[Die Konstellation Dämonischer Richter des Feuers ist von deiner Barmherzigkeit gerührt.]

[Dir wurden 500 Münzen gespendet.]
[Die Konstellation Dämonischer Richter des Feuers ist von deiner Barmherzigkeit gerührt.]
[Dir wurden 500 Münzen gespendet.]
[Die Konstellation Dämonischer Richter des Feuers ist von deiner Barmherzigkeit gerührt.]
[Dir wurden 500 Münzen gespendet.]
DING DING DING DING
Wer hätte gedacht, dass jeder Löffel mir so viele Münzen einbringen würde.
Aber krieg ich die Spende wirklich, weil er so von meiner Barmherzigkeit gerührt ist?
ZUCK
Hey, kommst du wieder zu dir?
[Du aktivierst das Item Mitternachtsrendezvous.]

Mitternachtsrendezvous
Mitternachts-rendezvous.
Mit diesem Item kann man für eine bestimmte Zeit eine private Konversation mit jemandem führen.
Bei mehreren Gesprächspartnern ist auch ein Gruppenchat möglich.
Ich benutze das aus mehreren Gründen.
Erstens ist Junghyeoks Zunge durch das Gift gelähmt.
[Dein gewünschter Gesprächspartner muss das Gespräch annehmen.]
Zweitens möchte ich damit vermeiden, dass Suyeong uns belauscht und unnötig viele Informationen erhält.
Und drittens...
... möchte ich Junghyeoks Verdacht nicht bestätigen, dass ich seine Gedanken lesen kann.
Wann ist ihm das bloß aufgefallen?
Wenn ich mehr Münzen hätte, würde ich einfach **Telepathie** erlernen.
[Dein gewünschter Gesprächspartner hat deine Anfrage angenommen.]

[Mitternachtsrendezvous wird begonnen.]
Mitternachtsrendezvous
[Junghyeok Yu] hat den Chat betreten.
[Dokja Kim]: Hey, kannst du mich hören?
Gut, wir sind verbunden.
Mitternachtsrendezvous
[Junghyeok Yu]: Begib dich sofort nach Osten.
!
Also echt, ich rette dem Kerl den Hintern, und seine ersten Worte sind gleich wieder ein Befehl.
Mitternachtsrendezvous
[Junghyeok Yu]: Die Katastrophe der Fragen erwacht.

Was?
Mitternachtsrendezvous
[Junghyeok Yu]: Irgendjemand erweckt die ganzen Katastrophen.

SST

[Nebenszenario – Überlebensaktivitäten]

Kategorie: Nebenszenario

Schwierigkeit: C+

Aufgabe: Überlebe 10 Tage in der zerstörten Stadt. Du musst dabei drei Aufgaben bewältigen:

1. Iss drei Mahlzeiten am Tag.

2. Schlaf mindestens 6 Stunden pro Nacht.

3. Zahl eine Überlebensgebühr von 500 Münzen pro Tag, bevor du schlafen gehst.

Wenn du auch nur eine dieser Aufgaben nicht erfüllst, wirst du bestraft.

Zeitlimit: 10 Tage

Belohnung: keine

Bei Misserfolg: Tod

In diesem Szenario gibt es ein [Münzenevent]. Jedes Monster, das in diesem Szenario erscheint und besiegt wird, kann Münzen hinterlassen.

[Verbleibende Zeit: 8 Tage]

OMNISCIENT READER

Das Level-SSS-Talent

EP.17

EP. 17

Omniscient Reader's Viewpoint

TAPP
Können wir den Wolf einfach so zurücklassen?
Die Imyuntar können den Träger des Schutzsymbols aufspüren.

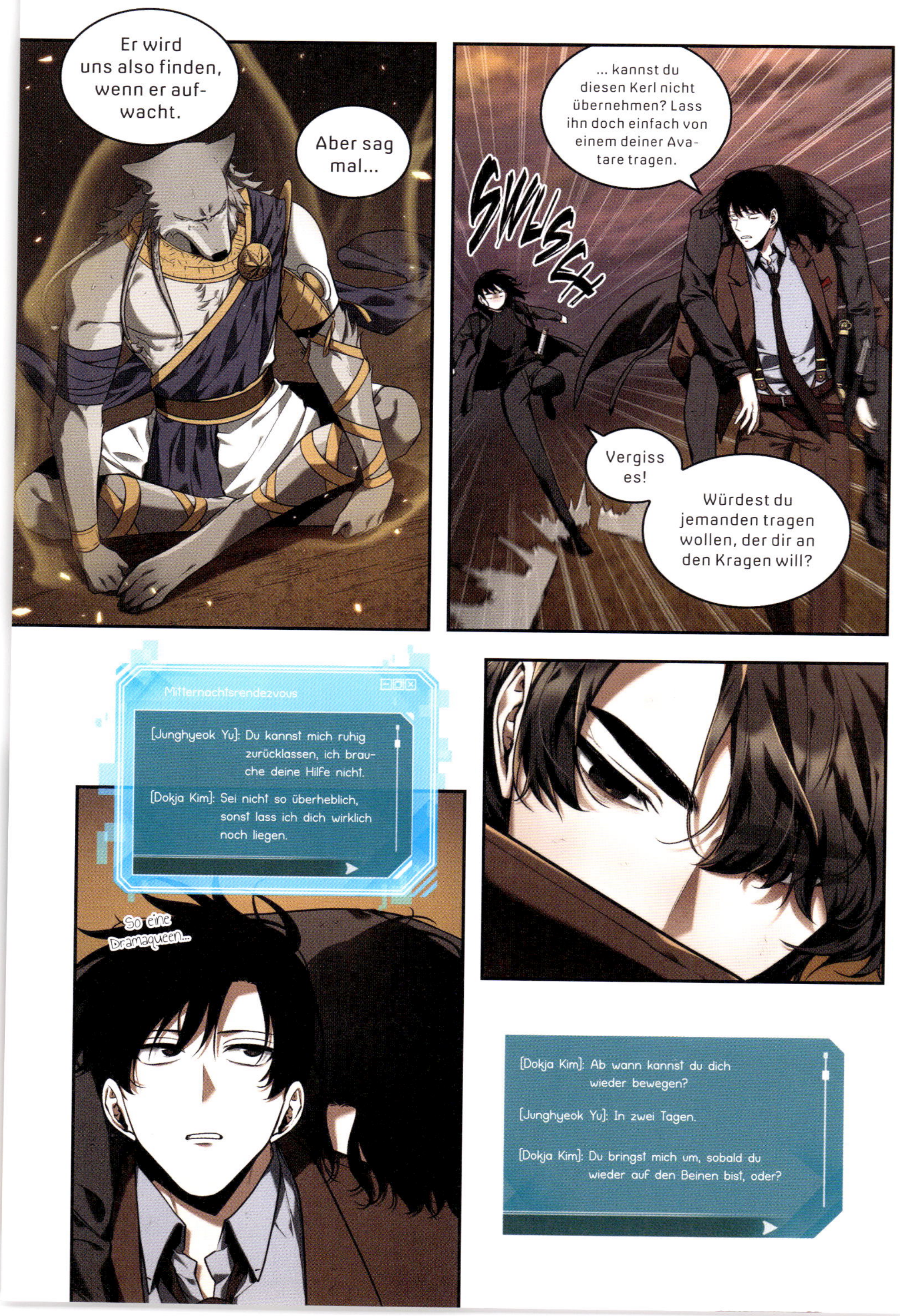
Er wird uns also finden, wenn er aufwacht.
Aber sag mal…
… kannst du diesen Kerl nicht übernehmen? Lass ihn doch einfach von einem deiner Avatare tragen.
SWUSCH
Vergiss es!
Würdest du jemanden tragen wollen, der dir an den Kragen will?
Mitternachtsrendezvous
[Junghyeok Yu]: Du kannst mich ruhig zurücklassen, ich brauche deine Hilfe nicht.
[Dokja Kim]: Sei nicht so überheblich, sonst lass ich dich wirklich noch liegen.
So eine Dramaqueen…
[Dokja Kim]: Ab wann kannst du dich wieder bewegen?
[Junghyeok Yu]: In zwei Tagen.
[Dokja Kim]: Du bringst mich um, sobald du wieder auf den Beinen bist, oder?

TAPP TAPP TAPP TAPP TAPP
...
Der Kerl macht einen echt fertig mit seinem Schweigen.
Das war eigentlich nur halb im Spaß gefragt.
[Dokja Kim]: Ich kann dir nicht helfen, wenn du dich so aufführst. Wie soll ich dir denn bitte trauen, wenn du mich danach nur umbringen wirst?
[Dokja Kim]: Ich helfe dir, wenn du einen **Existenzschwur** ablegst. Schwör, dass du mich bis zum Ende dieser Regressionsrunde nicht umbringen wirst.
[Junghyeok Yu]: Das kann ich nicht.
[Dokja Kim]: Dann schwör wenigstens, dass du mir nichts tust, bis das fünfte Szenario vorbei ist. Wenn du nicht mal das schaffst, kann ich dir echt nicht helfen.
Boah, dieser Mistkerl!
...
[Junghyeok Yu]: Ich schwöre es.

FRRRSH
Ein **Existenzschwur**.
Das ist ein Schwur, den man mit sich selbst macht.
Falls man gegen den Schwur verstößt...
POCH
POCH
POCH
... werden die blauen Flammen, die diesen Schwur umschlingen, das eigene Herz verbrennen.

Hah, war das denn jetzt wirk-lich nötig?
[Junghyeok Yu]: Ich werde dich nicht umbringen. Aber…
[Junghyeok Yu]: Ich hab noch einen Schlag gut bei dir und den werde ich auch einlösen.
…
[Dokja Kim]: Aber nur einen einzigen. Dafür aber bitte etwas sachte, ja?
Na, meinetwegen, wenn dadurch dann wieder alles gut zwi-schen uns ist.
Er bringt mich damit doch hof-fentlich nicht um, oder?

천호대교
Cheonhodaegyo(Br)
잠실대

[Das Pflanzenmonster **Yanaspleta**
beäugt euch wachsam.]
STARR

Mach keine plötzlichen Bewegungen.
Solange wir nicht zuerst angreifen, sollten wir heil davonkommen.
Und pass auf, dass du nicht auf die Wurzeln trittst.
GWOOO
Sieht so aus, als ob Chronos mit dem Terraforming begonnen hat.
Terraforming.

Im fünften Szenario kommt es schon bald zu einem Kampf zwischen den Welten.
Die Menschheit muss Invasoren aus einer anderen Welt abwehren.
So wie Seoul von Chronos überfallen wird...
... wird China von der **3. Wuxia-Welt** angegriffen.
In Japan findet eine Invasion der **Weißen Dämonenwelt** statt.

Verdammt, hier wimmelt es nur so von Monstern.
Wenn die Katastrophen erst mal erwacht sind, beschleunigt sich auch das Terra-forming.
Welcher Idiot erweckt nur die Katastrophen?
So einer wie du wahrscheinlich. Du hast doch auch den Feuerdrachen erweckt.
Der war doch besiegbar.
Aber auch nur, weil der mittelrangige Dokkaebi ihn mit einer Strafe gebunden hatte.
Und so ein Kinderspiel war das nun auch wieder nicht.
Fang gar nicht erst davon an, wenn du nicht mal gegen ihn gekämpft hast.
Wird es diesmal nicht auch wieder eine Strafe geben?
Bei der **Katastrophe der Fragen** bringt so eine Strafe nichts.
Und ich bezweifle stark, dass uns ein Dokkaebi helfen wird.

Die Monster wurden alle schon ausgeschaltet.
Junghyeok muss den Weg auf der Suche nach mir freigeräumt haben.
Und das in seinem Zustand... Der ist wirklich selbst ein Monster.
Mitternachtsrendezvous
[Dokja Kim]: Eines würde mich aber mal interessieren.
[Dokja Kim]: Warum hast du überhaupt nach mir gesucht? Ehrlich gesagt hättest du doch in diesem Zustand einfach regenerieren können.
[Junghyeok Yu]: Was für ein jämmerliches Gerede.
Pah, wenn der seine Zukunft in Runde acht sehen könnte, würde er das nicht sagen.
[Junghyeok Yu]: Wenn ich jedes Mal so leicht aufgeben würde, hätte ich das Ganze gar nicht erst begonnen.
!
Stimmt...
Der Junghyeok in **DWDAZÜ** hat zwar leichtfertig aufgegeben und ohne Weiteres Menschen umgebracht...

... aber das lag nur an seinem seelischen Zustand, nachdem er eine Tragödie nach der anderen miterleben musste.
Am Anfang, oder nein, der ursprüngliche Junghyeok war noch voller Hoffnung und Menschlichkeit.
Ich dachte zwar, dass ich Junghyeok am besten kennen würde...
... aber vielleicht stimmt das beim Junghyeok aus der dritten Runde noch gar nicht.
[Dein Verständnis von Junghyeok Yu ist gestiegen.]
[Junghyeok Yu]: Du warst der Einzige, der mir auf die Schnelle eingefallen ist. Wenn du sogar den Herrscherthron zerstören konntest, könntest du vielleicht wenigstens eine kleine Hilfe sein.
천호대교
千戶大橋
Cheonhodaegyo
[Dokja Kim]: Hast du denn keine Meinung dazu, dass ich den Herrscherthron zerstört habe?
[Junghyeok Yu]: Es bringt nichts, über bereits Vergangenes zu diskutieren. Außerdem war mir der Thron selbst schon ein Dorn im Auge.
Ach ja?
[Junghyeok Yu]: Du hast es vermutlich getan, um die überirdische Gottheit abzublocken, oder?
!

Das ist das erste Mal, dass ich so eine ernste Unterhaltung mit ihm führe…
Aber mal ehrlich, hatte der Kerl schon immer so so ein kluges Köpfchen?
[Junghyeok Yu]: Ehrlich gesagt denke ich, dass das gar keine schlechte Idee war. Die Probleme entstehen jedoch erst danach.
[Junghyeok Yu]: Weil du den Thron zerstört hast, sind die Guides überall verstreut und wir sind zeitlich hinterher, was das Einsammeln der Meteoriten betrifft.
[Junghyeok Yu]: Das ist auch der Grund, weshalb das Terraforming in den Stadtteilen Gwangjin und Gangdong so schnell voranschreitet. Die Landstreicher benutzen die Macht der Meteoriten.
[Dokja Kim]: Nur weil man einen Meteoriten verwendet, wird das Terraforming nicht einfach beschleunigt.
[Junghyeok Yu]: Einer der **zehn Bösen** hat einen **Katastrophenmeteoriten** in die Finger bekommen.
!!!
Die zehn Bösen!
[Dokja Kim]: Etwa Seolhwa Lee, die **Giftschönheit**?

[Junghyeok Yu]: Du weißt es also…
[Dokja Kim]: Sie ist schließlich die Einzige, die das **Tausendgeistergift** einsetzen kann.
…
…
[Dokja Kim]: Aber wie wurdest du überhaupt vergiftet? Du hättest doch niemals direkt gegen sie gekämpft, wenn du sie erkannt hättest.
[Junghyeok Yu]: Ich habe versucht, mit ihr zu reden.
[Dokja Kim]: Mit ihr zu reden?

[Junghyeok Yu]: Ich dachte, ich könnte sie vielleicht auf unsere Seite ziehen …
Ah …

Stimmt.
Die Giftschönheit Seolhwa Lee...
... war in Junghyeoks zweiter Runde seine Gefährtin...
... und Geliebte.

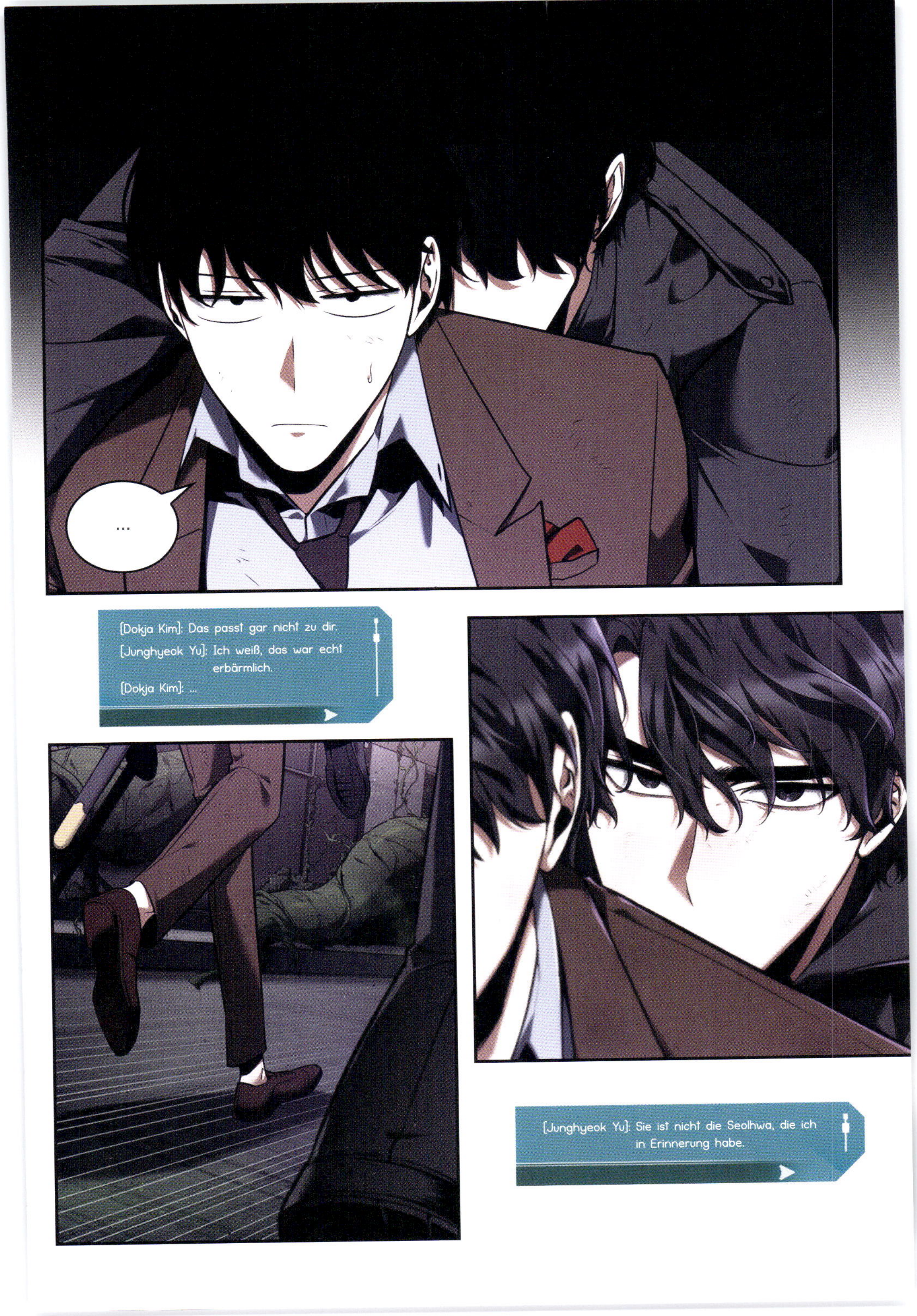
...
[Dokja Kim]: Das passt gar nicht zu dir.
[Junghyeok Yu]: Ich weiß, das war echt erbärmlich.
[Dokja Kim]: ...
[Junghyeok Yu]: Sie ist nicht die Seolhwa, die ich in Erinnerung habe.

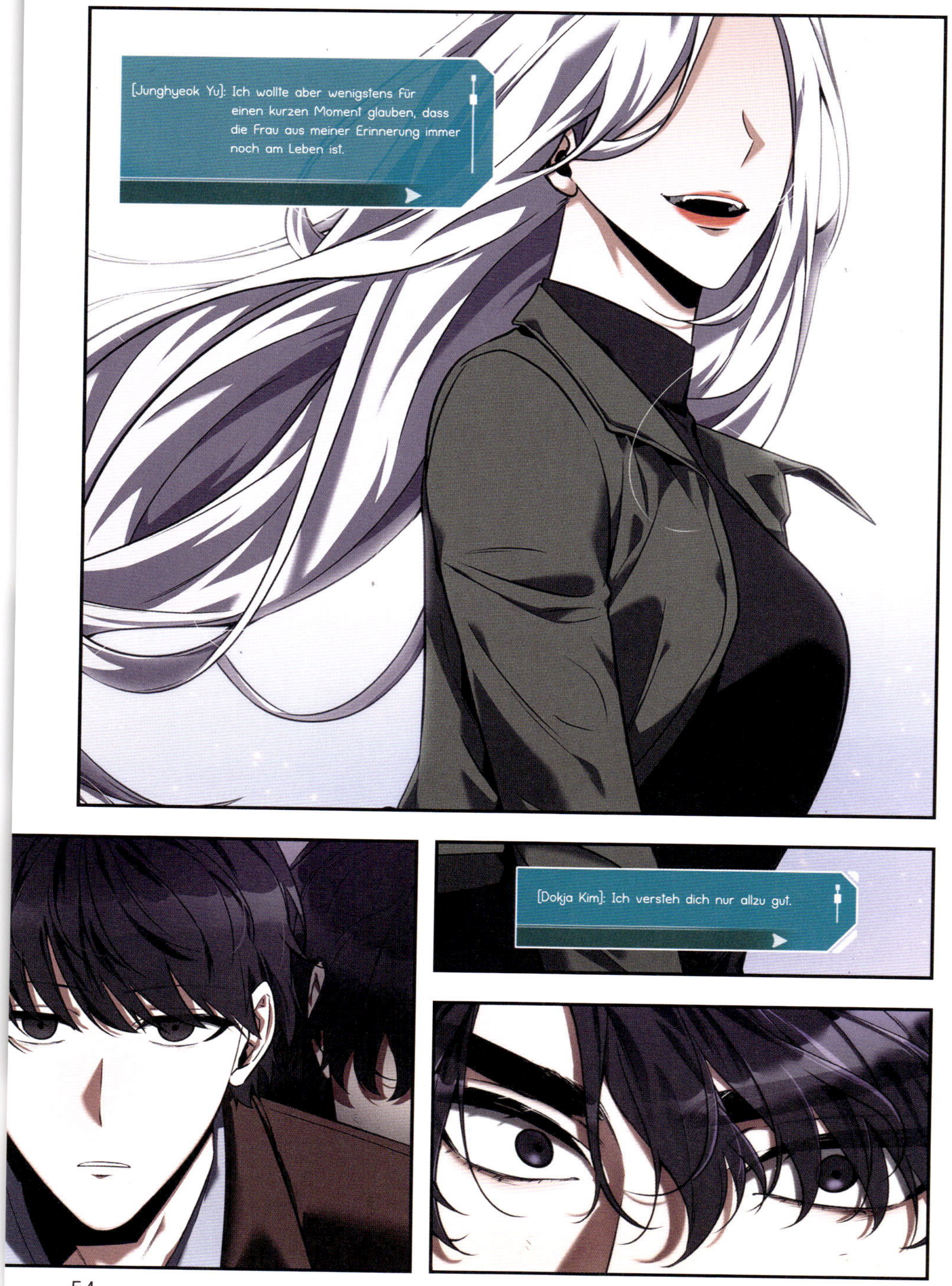
[Junghyeok Yu]: Ich wollte aber wenigstens für einen kurzen Moment glauben, dass die Frau aus meiner Erinnerung immer noch am Leben ist.
[Dokja Kim]: Ich versteh dich nur allzu gut.

[Junghyeok Yu]: Du redest ja so, als wärst du selbst in der Zeit zurückgereist.
[Dokja Kim]: Man muss nicht die Zeit zurückdrehen, um dieses Gefühl zu kennen.
Ich weiß, dass ich das nicht so leicht dahersagen sollte.
Aber Junghyeok wurde nie von jemandem verstanden...
... und das wird auch in Zukunft so sein.
...
[Der Charakter Junghyeok Yu ist total verwirrt.]
Also sollte es doch okay sein, wenn wenigstens ich ihm das sage, oder?
[Der Charakter Junghyeok Yu empfindet ganz leichten Trost.]
[Junghyeok Yu]: Wirklich seltsam. Du bist auf keinen Fall ein Regressor. Ist das eine deiner Fähigkeiten als Prophet?

[Junghyeok Yu]: Natürlich ändert das aber nichts daran, dass du der Mistkerl bist, der meine Schwester entführt hat.
[Dokja Kim]: Ich habe sie gar nicht entführt! Ich hab nur auf sie aufgepasst. Das solltest du doch mit dem Lügendetektor ganz einfach rausfinden können. Warum also fängst du immer wieder...
Dokja.

Verdammt! Jetzt sind die sogar schon im Stadtteil Gangdong.
Kommen wir vielleicht schon zu spät?
Was machen wir, wenn die Katastrophe bereits erwacht ist?

Das ist sie nicht.
Sonst hätte nämlich das nächste Szenario bereits begonnen.
Dieses Symbol auf dem Boden...
Ab hier befinden wir uns im Gebiet der **Giftschönheit**.
Sie ist schneller als gedacht.
So wie sie ihre Verteidigung aufgebaut hat...
... wird das kein leichter Kampf werden.
Hast du einen Plan?
Wir müssen einfach nur den Meteoriten stehlen, mehr ist nicht nötig.
Ich werde sie ablenken, also schnapp du dir währenddessen den Meteoriten.

[Junghyeok Yu]: Ihr braucht nicht so zu hetzen. Selbst wenn die Katastrophen beginnen, ist die **Katastrophe der Fragen** am Anfang leicht zu unterdrücken.
Das sagt sich so leicht.
[Dokja Kim]: Ach ja? Und wer soll das bitte übernehmen? Du etwa in diesem Zustand?
[Junghyeok Yu]: Du machst das natürlich, wer denn sonst? Hattest du das nicht sowieso vor?
[Dokja Kim]: Wie kommst du denn bitte darauf?
[Junghyeok Yu]: Weil du bereits den Guide erweckt und den **Pfad des Windes** erlernt haben solltest.
Da ist wohl einer sauer, dass ich ihm den **Pfad des Windes** weggeschnappt habe.

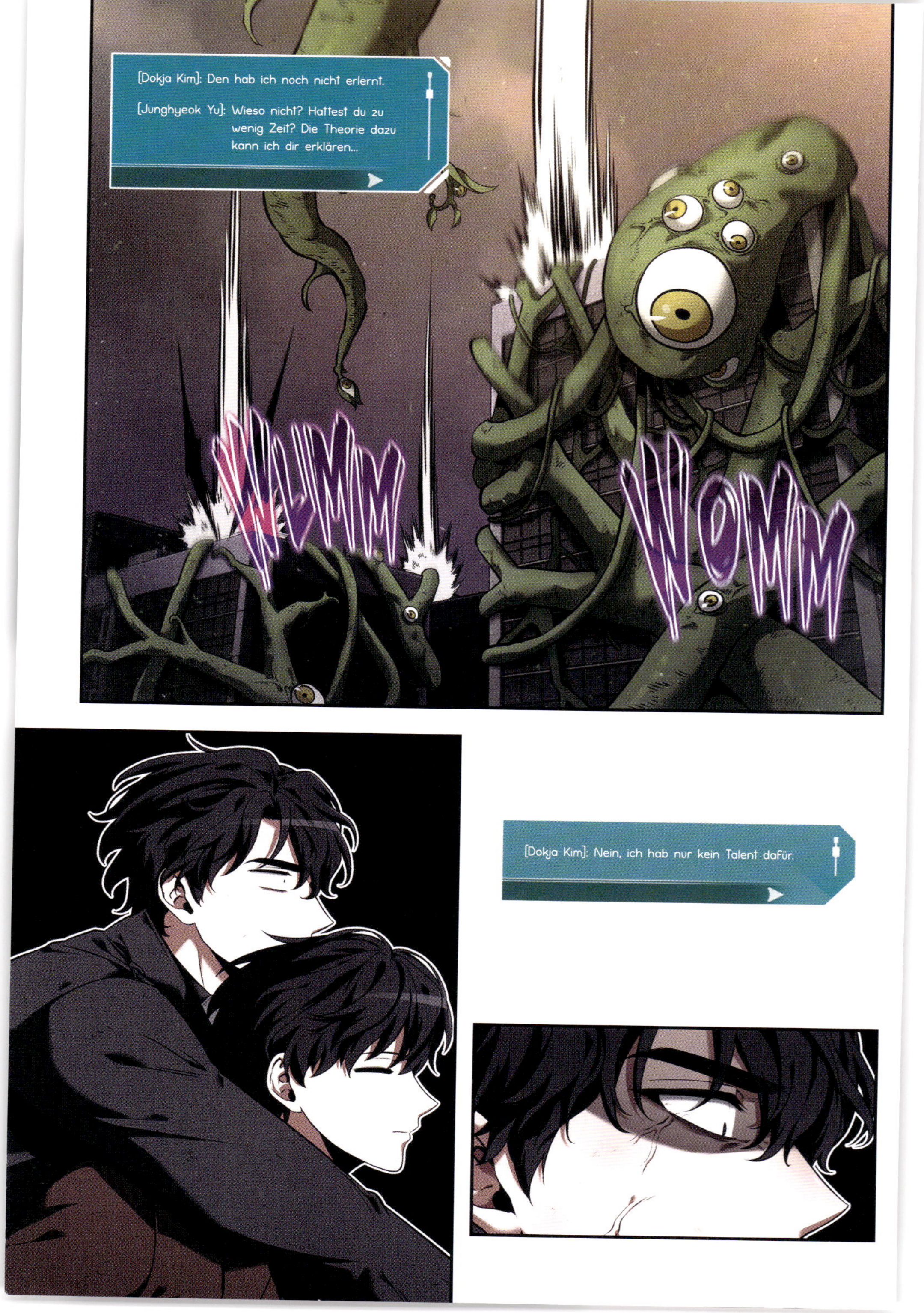
[Dokja Kim]: Den hab ich noch nicht erlernt.
[Junghyeok Yu]: Wieso nicht? Hattest du zu wenig Zeit? Die Theorie dazu kann ich dir erklären...
WOMM
WOMM
[Dokja Kim]: Nein, ich hab nur kein Talent dafür.

[Junghyeok Yu]: Dann hättest du mich einfach von Anfang an…
Ich kann zwar sein Gesicht nicht sehen, aber seinen tödlichen Blick spüre ich auch so.
Da sind Menschen.

Rennt alle zur Cheonhobrücke rüber!
A...Aus dem Weg! Na los!
H...Hilfe!
Waaah!
WUUUSCH
WUSCH

TSCHACK
Aaaah!
TSCHACK
Kyaaah!
SRRT
WOMP
!
Die Eintritts-
stelle des Pfeils
ändert ihre
Farbe.
Sind das etwa
Giftpfeile?!
Schnappt
sie euch!
TSCHUNG

SWUSCH
!!!

ZIIIIIIING

EP. 17

Omniscient Reader's Viewpoint

Schappt sie euch! Lasst sie nicht entkommen!
Waaah!
TSCHI
W...Was ist das? Irgendwas ist unter uns!
CK

Hey.
Ist das nicht…
[Das Charakterprofil dieser Person kann nicht aufgerufen werden.]
[Diese Person hat kein registriertes Charakterprofil.]

... Sangah?

TAPP
TAPP
TAPP
TAPP
!

Ist sie gerade ge-flogen?!
SWUUUUSCH
KRAWOMM
?!

Oh, Moment mal. Das ist doch...
GROTSCH
Urgh!

SRRR
Hng!
TSCHACK
Argh!
SPROTSCH

Aaah!
Aber wie...
Wie ist sie nur so stark geworden?
Ist das wirklich meine Sangah?
SROTSCH

Ist es das, was man Talent nennt?
Bringt sie um!!
Mitternachtsrendezvous
[Junghyeok Yu]: Sie hat sich noch schneller entwickelt, während du nicht an ihrer Seite warst. Das scheint ein Trend bei den Leuten um dich herum zu sein. Bei Hyeonseong war das ja ganz genauso.
[Dokja Kim]: Sie hat das doch nur erreicht, weil ich ihr am Anfang so viel geholfen habe, du Idiot.
Verdammt, warum muss sie ausgerechnet ohne mich so stark werden?
Das lässt mich doch total nutzlos aussehen.
Sangah!
Hier drüben!
!

Dokja? Was machst du denn hier?
Lass uns abhauen, danach können wir reden!
[Junghyeok Yu]: Geh zu dem hohen Gebäude da drüben. Du musst erst mal einen guten Überblick über die Lage hier bekommen.
Zu dem hohen Gebäude da!
[Junghyeok Yu]: Und du solltest dich lieber vor dieser Frau in Acht nehmen.
!
Ich soll mich vor ihr in Acht nehmen?

Aber welche von ihnen meint er?!

HAH
HAH
Alles okay bei dir, Sangah?
Ja, alles gut. Und bei dir?
Auch.
...
Peinliche Stille...

Was zur...
Wir haben uns doch nur wenige Tage nicht gesehen, also warum ist es so komisch zwischen uns geworden?
Was treibt der denn da?
BLICK
Dieser Kampfanzug und der Dolch sind richtig gut...
Du hast wohl einiges zu berichten.
Äh... ja, irgendwie schon...

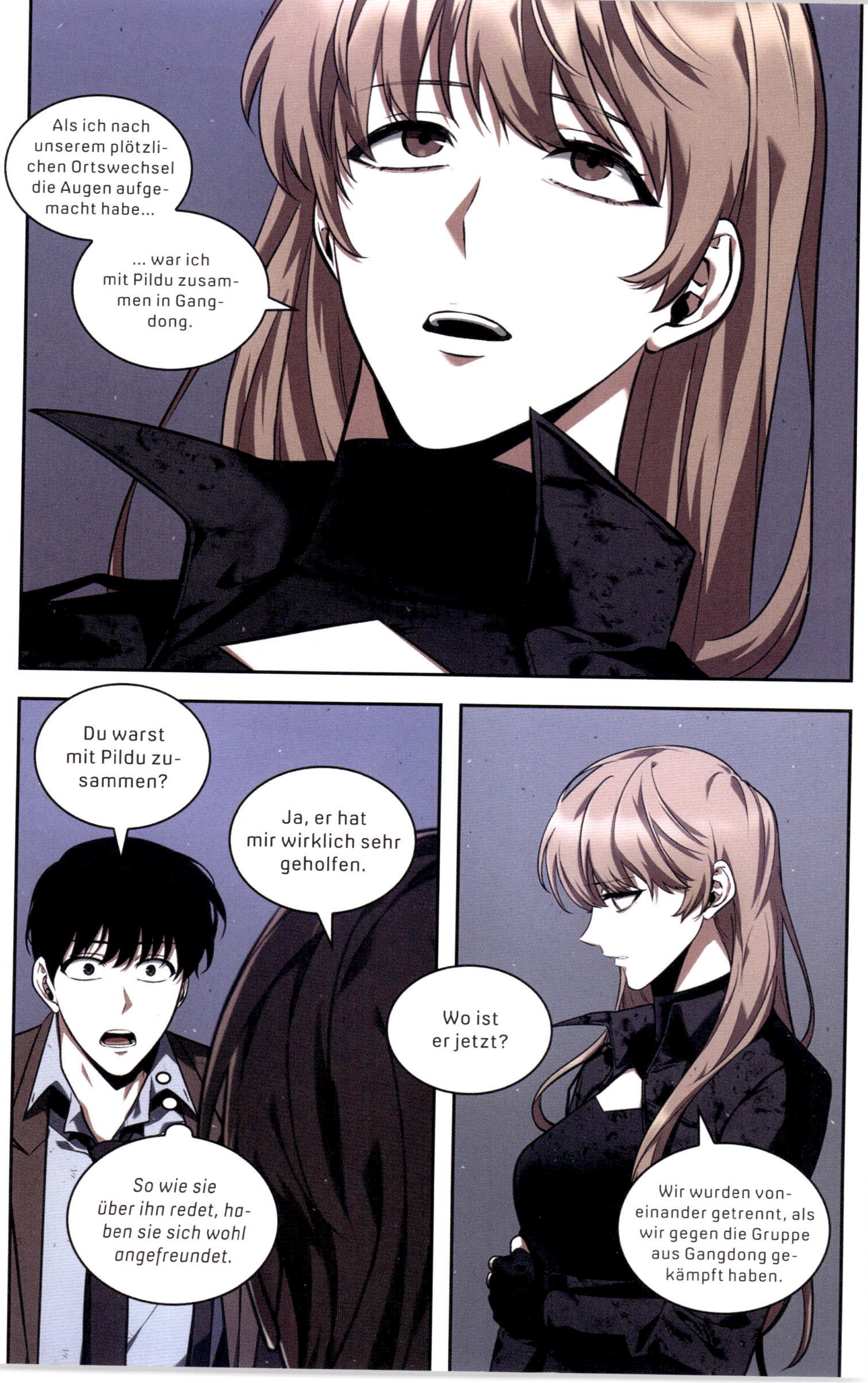
Als ich nach unserem plötzlichen Ortswechsel die Augen aufgemacht habe...
... war ich mit Pildu zusammen in Gangdong.
Du warst mit Pildu zusammen?
Ja, er hat mir wirklich sehr geholfen.
So wie sie über ihn redet, haben sie sich wohl angefreundet.
Wo ist er jetzt?
Wir wurden voneinander getrennt, als wir gegen die Gruppe aus Gangdong gekämpft haben.

Er hat versucht, mich zu retten...
WOMM
Geh schon mal vor!
KRACKS
Er hat die Leute in letzter Minute zum Han-Fluss gelockt und...
*Ich fass es nicht, dass Pildu, einer der **zehn Bösen**, sich in Gefahr gebracht hat, um jemanden zu retten.*
14. Der Auftraggeber muss den Besitzans
von dem Auftragnehmer respektieren
Pildu Gongs Überleben garantieren.
15. Der Auftraggeber muss dem
Besitzgegenstand Pildu Gong dabei he
sich weiterzuentwickeln.
Pildu... Er müsste noch am Leben sein.
Da mein Vertrag mit dem **Verteidigungsmeister** immer noch intakt ist, wird er noch am Leben sein.
Keine Sorge, er sollte okay sein.
Ein Glück...

Wo hast du eigentlich dieses Outfit und den Dolch her?
Ach, das... Nachdem Pildu und ich getrennt wurden...
... bin ich auf einen grünen Meteoriten gestoßen.

Ein grüner Meteorit!
Grüne Meteoriten beinhalten seltene Items.
Sie ist ein echter Glückspilz, so was schon so früh entdeckt zu haben.

Neid lass nach...
Hmm... Ist das wirklich alles?
Was?

Nehmen wir mal an, dass du den Kram wirklich durch Zufall gefunden hast.
Aber nur durch die Items allein kannst du niemals so stark geworden sein.
Wer in aller Welt ist dein Sponsor?
Wie konntest du deine **agile Beweglichkeit** und **Verstärkung der Kampfkunst** so schnell hochleveln?
Ohne **Entwicklungspaket** ist das absolut unmöglich.
...

Und wer bist du?
Ich?
Der erste Jünger.

SWUSCH
Warte, Sangah!

Sie ist jetzt auf unserer Seite!
Seid ihr in der kurzen Zeit Freunde geworden?
So würde ich das nicht unbedingt nennen…
Ihretwegen sind alle von der Chungmuro-Gruppe tot.
Das hast du doch nicht etwa vergessen, oder?
!
Ach ja… Sangah war ja meine stellvertretende Anführerin in Chungmuro, während ich weg war.
Sie scheint die Leute dort ziemlich ins Herz geschlossen zu haben.
Chungmuro?
Ah, stimmt, **du** warst das dort!

Ey, Dokja. Ich weiß ja, dass ich kein Engel bin, aber überleg es dir lieber gut.
Meines Erachtens verheimlicht sie auch so einiges.
Du...
Wenn wir schon beim Thema Chungmuro sind...
Dort war sie noch mal ansatzweise so stark wie jetzt.
Findest du das nicht auch seltsam?
!
Selbst mit einer hochrangigen Konstellation...
... könnte sie sich nicht so schnell weiterentwickelt haben.
Außer sie besitzt ein Level-SSS-Entwicklungspaket.
Aber wie viele Konstellationen gibt es schon in Korea, die das ihrer Inkarnation geben könnten?

Ich gebe es zwar nur ungern zu...
... aber ich muss ihr leider zustimmen.
Als ich gesehen habe, wie sie den **magischen Faden** benutzt hat...
... dachte ich noch, ihr Sponsor wäre **Ariadne, Geliebte des verlassenen Labyrinths.**

Aber mit Ariadne wäre Sangah niemals so schnell so stark geworden.
Außerdem sah mir das vorhin ganz nach **Hermes' Spaziergang** aus.
Ariadnes Inkarnation würde aber ganz sicher nicht das Stigma von Hermes benutzen können.
Sangah...
Hallöchen, ihr Lieben! Ist es euch allen gut ergangen?
Es scheint ganz so, als ob die Teilnehmer des diesmaligen Szenarios von recht ungeduldiger Natur sind.
!
Ich meine, es ist noch eine ganze Woche hin, bis das Hauptszenario beginnt...
... aber schon jetzt erwecken manche die Katastrophen.
ZZT
ZZZZZT
Ihr scheint das nächste Szenario wohl kaum erwarten zu können, was?

Ich wollte euch eigentlich eine kleine Verschnaufpause gönnen...
... während der verantwortliche Dokkaebi nicht hier ist.
Oh, das ist nicht gut.
Das gefällt mir wirklich überhaupt nicht.
Aber wenn ihr es so eilig habt...
... könnte ich mich wohl kaum noch als Dokkaebi bezeichnen, wenn ich euch nicht ein Szenario gebe, oder?
Wenn in dieser Situation Katastrophen ein Szenario eingerichtet wird...
[Das Nebenszenario **Stoppt die Katastrophe** ist erschienen.]
DING

[Nebenszenario - Stoppt die Katastrophe]
Kategorie: Nebenszenario
Schwierigkeit: S-
Aufgabe: Eine mysteriöse Gruppe, die sich im Stadtteil Gangdong niedergelassen hat, versucht gerade, eine der **Katastrophen** zu erwecken. Vernichtet sie und hindert die Katastrophe daran, zu erwachen.
Zeitlimit: 2 Stunden
Belohnung: 22.000 Münzen
Bei Misserfolg: verfrühtes Erwachen der **Katastrophe der Fragen**
Verdammt, wusste ich's doch!
Die Katastrophe steht kurz vor dem Erwachen!
Und wenn wir die Aufgabe bekommen haben, das Erwachen der Katastrophe zu stoppen...
... wird die andere Gruppe die Aufgabe erhalten haben, die **Katastrophe zu beschützen**.

Beruhigt euch erst mal.
Wir haben keine Zeit, uns gegenseitig zu bekämpfen.
Uns bleiben genau zwei Stunden, um die Katastrophe zu stoppen.
Sprich, die Katastrophe wird in zwei Stunden erwachen.

Also kümmern wir uns erst mal darum.
Die Gruppe der **Giftschönheit** hält sich im Bezirk Cheonho in Gangdong auf.
Dort befinden sich mehrere Kirchen und Kathedralen.
Der Bereich, der am wenigsten vom Terraforming betroffen ist...
... ist um die Cheonjung-16-Straße herum.

Wenn wir diesen Weg nehmen, werden wir es noch pünktlich zu deren Lager schaffen.
Allerdings wird dieser Weg schwer bewacht sein.
Das ist aber kein Problem, da wir, so weit wie möglich, durch die Gebäude dort gehen werden.
Nehmt ihr bitte die Frontlinie ein.
Und vertragt euch.
Okay...
WUMM
?!
Was zur...?!

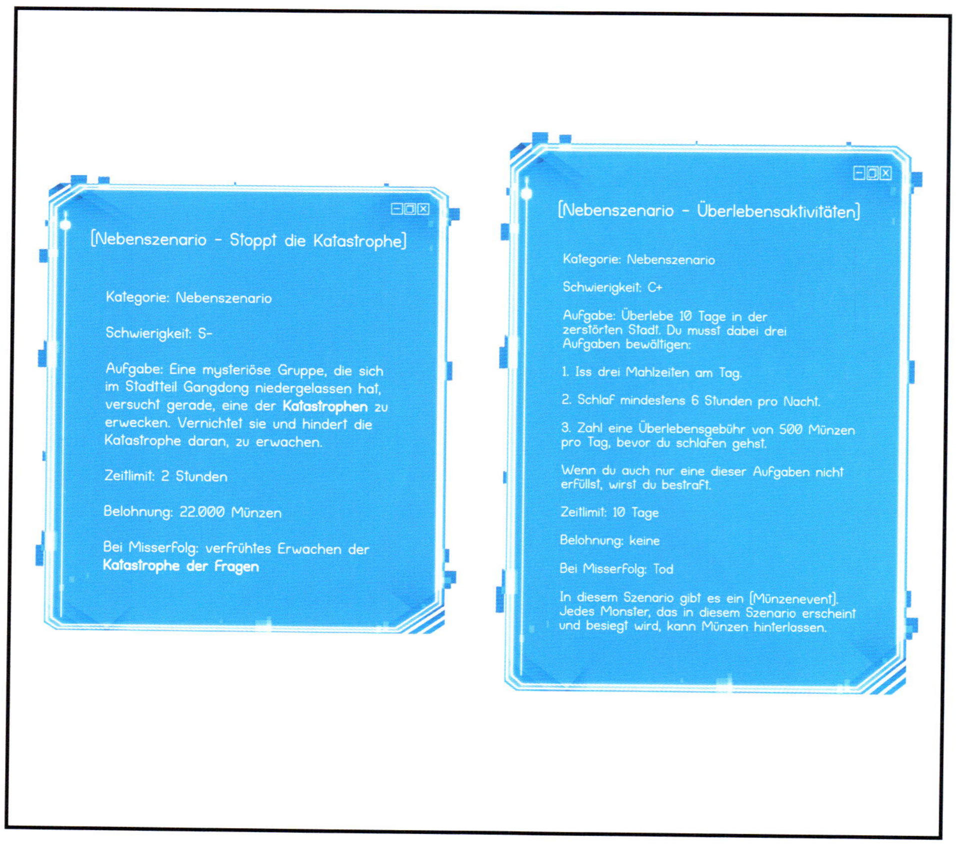
[Nebenszenario - Stoppt die Katastrophe]
Kategorie: Nebenszenario
Schwierigkeit: S-
Aufgabe: Eine mysteriöse Gruppe, die sich im Stadtteil Gangdong niedergelassen hat, versucht gerade, eine der **Katastrophen** zu erwecken. Vernichtet sie und hindert die Katastrophe daran, zu erwachen.
Zeitlimit: 2 Stunden
Belohnung: 22.000 Münzen
Bei Misserfolg: verfrühtes Erwachen der **Katastrophe der Fragen**
[Nebenszenario - Überlebensaktivitäten]
Kategorie: Nebenszenario
Schwierigkeit: C+
Aufgabe: Überlebe 10 Tage in der zerstörten Stadt. Du musst dabei drei Aufgaben bewältigen:
1. Iss drei Mahlzeiten am Tag.
2. Schlaf mindestens 6 Stunden pro Nacht.
3. Zahl eine Überlebensgebühr von 500 Münzen pro Tag, bevor du schlafen gehst.
Wenn du auch nur eine dieser Aufgaben nicht erfüllst, wirst du bestraft.
Zeitlimit: 10 Tage
Belohnung: keine
Bei Misserfolg: Tod
In diesem Szenario gibt es ein [Münzenevent]. Jedes Monster, das in diesem Szenario erscheint und besiegt wird, kann Münzen hinterlassen.

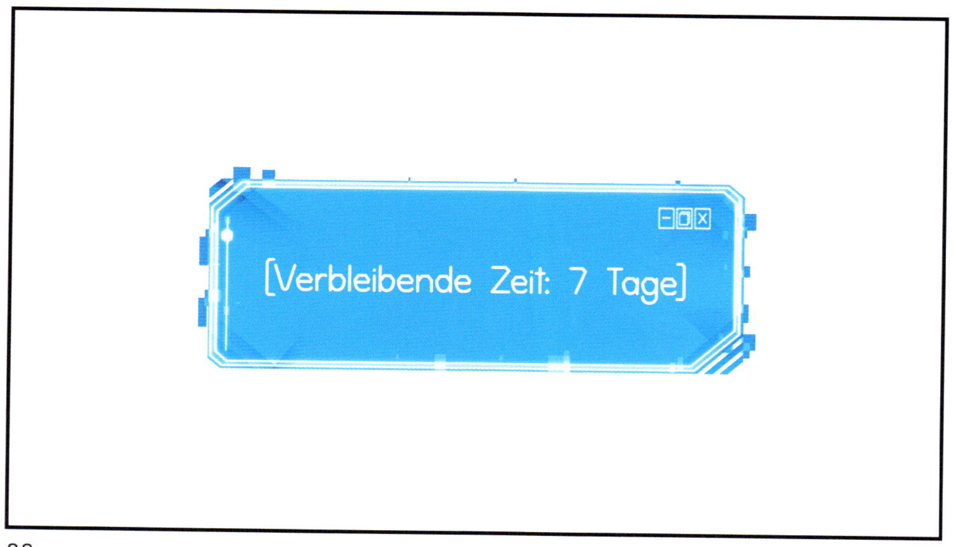
[Verbleibende Zeit: 7 Tage]

OMNISCIENT READER

EP. 17

Omniscient Reader's Viewpoint

TAPP
SWUSCH
KRRK
Oh...

Schnappt sie euch!
Lasst keinen am Leben!

WOMP

?!
Waaah!
W...Was ist das?
Oh?

Urgh!
WOMM
SPLOSH
Aaah!
Hui, eiskalt.
Das sagt genau die Richtige.
Die beiden …
… geben ein besseres Team ab als gedacht.
Auch wenn sie sich so angiften.

Gefunden.
Das ist der Katastrophen-meteorit!

Wer bist du?

Schneeweiße Haare und blutrote Lippen, die wie Mohnblüten auf einem verschneiten Berg erblühen.
Ich erkenne auf einen Blick, wer das ist.
Langsam merk ich, worauf Junghyeok so steht.
Sie ist eine der zehn Bösen.
Die Giftschönheit Seolhwa!

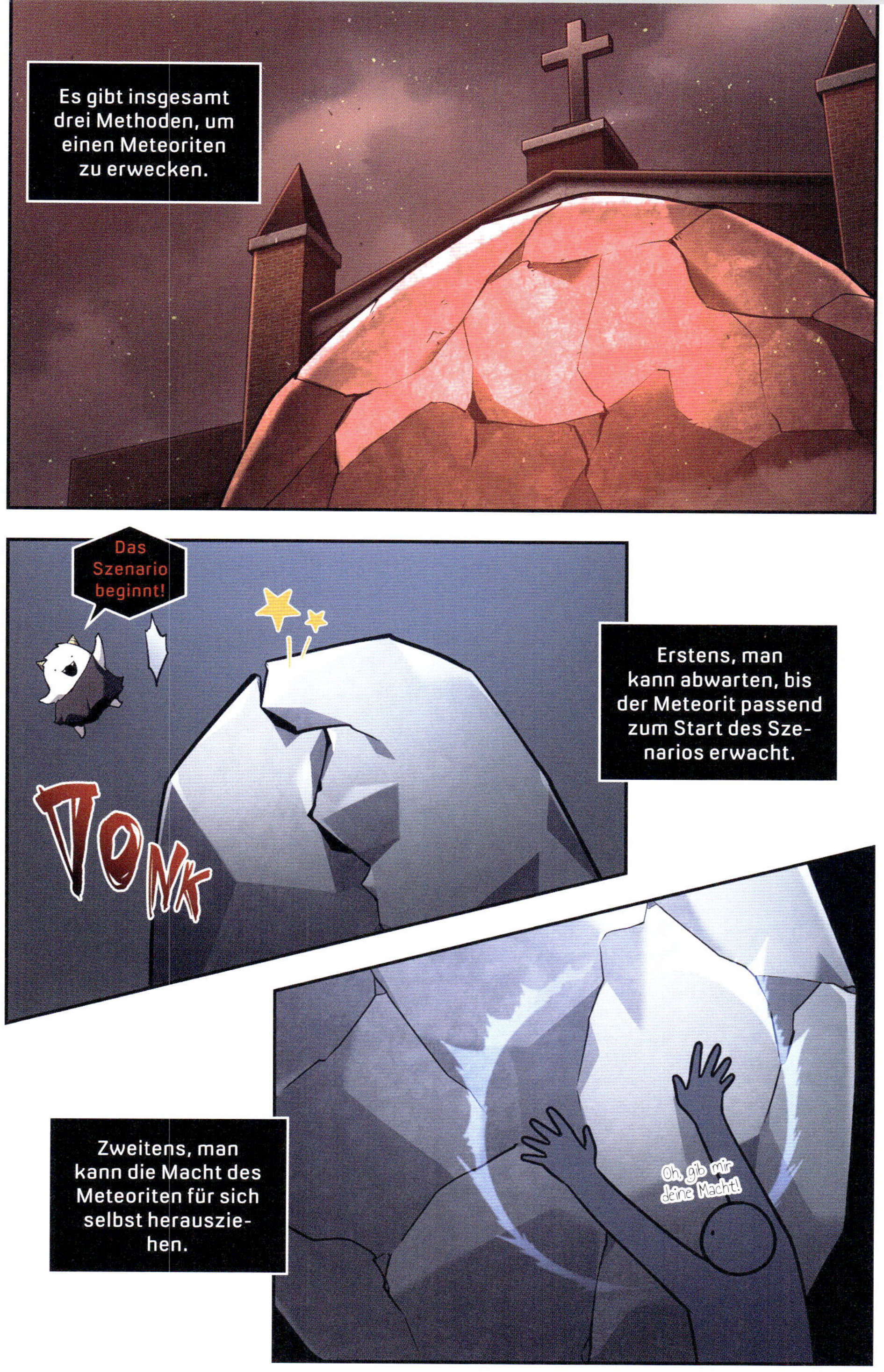
Es gibt insgesamt drei Methoden, um einen Meteoriten zu erwecken.
Das Szenario beginnt!
DONK
Erstens, man kann abwarten, bis der Meteorit passend zum Start des Sze-narios erwacht.
Zweitens, man kann die Macht des Meteoriten für sich selbst herauszie-hen.
Oh, gib mir deine Macht!

Die dritte und schnellste Methode ist…
… den Meteoriten gezielt mit Mana zu versorgen.
Das ist auch genau der Grund, weshalb Seolhwa ihr Lager in einer Gegend voller Kirchen aufgeschlagen hat.
Sie wollte die Gläubigen hier benutzen, um den Meteoriten mit Mana zu versorgen.
Die Erweckungszeremonie.
Die Menschen, die nicht mehr wissen, wo sie hinsollen, strömen mit ihren Gebeten minimale Mengen an Mana aus.
Ihr solltet das lieber lassen.

Außer ihr möchtet alle sterben.
Ich habe gefragt, wer du bist!
Was denkst du dir bloß dabei?
In der dritten Runde borgte sich Seolhwa zwar die Macht des Meteoriten…
… aber sie war nicht so dumm, die Katastrophe frühzeitig zu erwecken.
Aus diesem Grund hat Junghyeok sie wohl aufgesucht.

Stopp sofort die Erweckung der Katastro-phe.
PFFT
Und wenn nicht?
Dann ist das hier dein Tod.
Du…
SST
TSCHING

[Der humanoide Dämon Rang B **Insektenmensch Minhyeok Nam** sieht dich als Feind an.]
[Der humanoide Dämon Rang B **Insektenmensch Minji Jeong** sieht dich als Feind an.]
[Der humanoide Dämon Rang B **Insektenmensch Gabil Kim** sieht dich als Feind an.]
GWOAAH
Insekten-menschen?

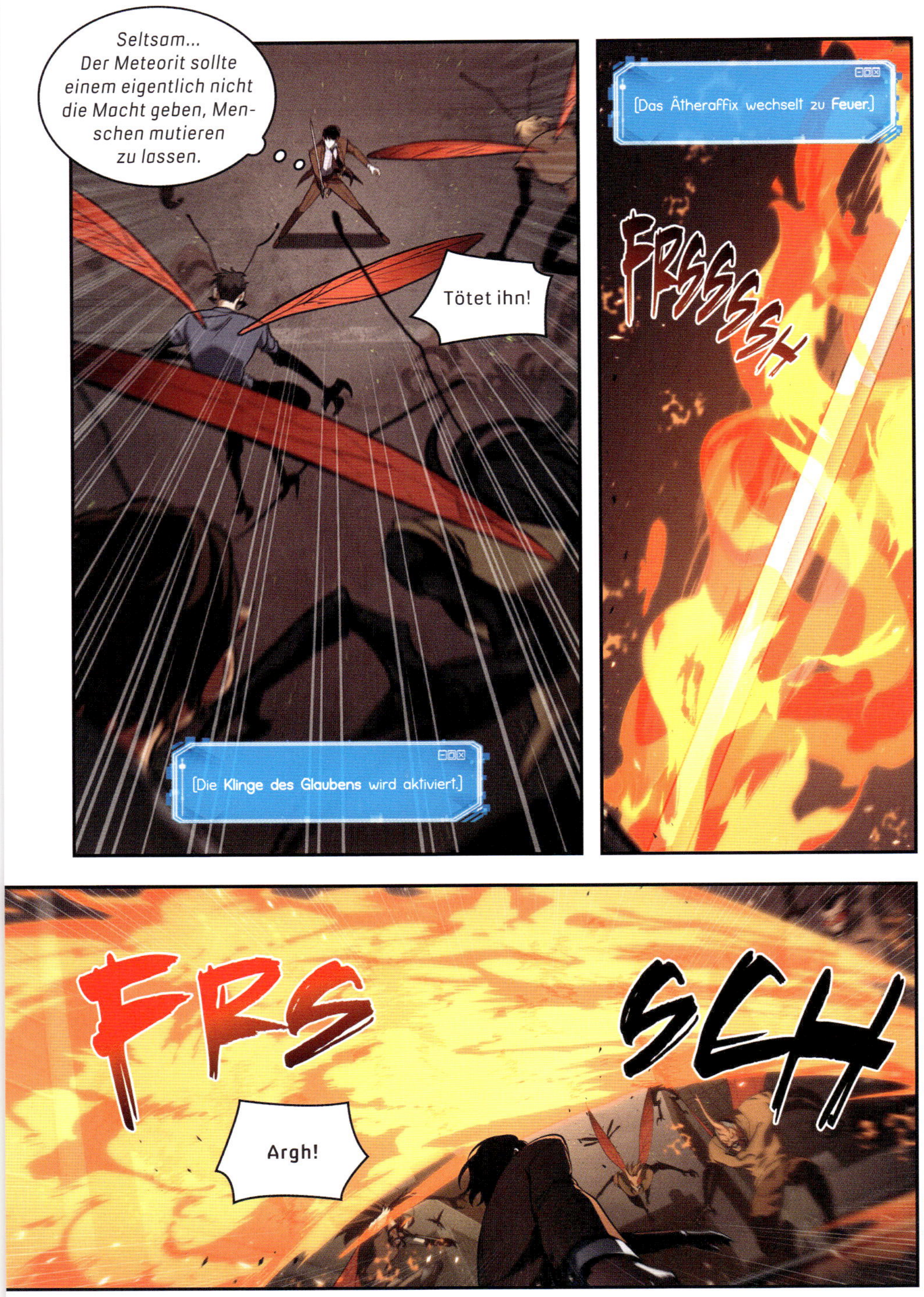
Seltsam... Der Meteorit sollte einem eigentlich nicht die Macht geben, Menschen mutieren zu lassen.
Tötet ihn!
[Die Klinge des Glaubens wird aktiviert.]
[Das Ätheraffix wechselt zu Feuer.]
FRSSSSH
FRS
SCH
Argh!

Aaah!
Uuuurgh!
FRSSSSH

FRS
SSSH
TSCHA
CK

!
Giftige Fingernägel!
Urgh!

!
TSCHI
NG

Gib auf. Auch für dich kommt nichts Gutes dabei raus, wenn du die Katastrophe erweckst.
Es gibt bei diesem Szenario doch nicht mal eine Strafe, wenn man scheitert.
BLICK
Was hat sie nur vor? Es sieht so aus, als hätte sie es nicht auf die Macht des Meteoriten...
... sondern auf die **Katastrophe** selbst abgesehen.
Selbst diejenigen, die die Originalgeschichte nicht kennen...
... sollten doch mittlerweile wissen, dass Seoul untergehen wird, wenn eine Katastrophe erwacht.
Also weshalb versucht sie dann, eine Katastrophe zu erwecken?

[Deine Spezialähigkeit Charakterprofil wurde aktiviert.]
[Charakterprofil]
Name: Seolhwa Lee
Alter: 26
Konstellationssponsor: Göttlicher Heiler Guam
persönliche Attribute: Talentierte Heilerin (selten), Giftmeisterin (selten)
Spezialfähigkeiten: [Waffenkompetenz Lvl. 7], [Vamp Lvl. 4], [Giftausströmung Lvl. 5], [Giftbrauerei Lvl. 4], [Entgiftung Lvl. 5]...
Stigma: [Giftklauen Lvl. 4], [Tausendgeistergift Lvl. 4], [Wegzweigung zwischen Leben und Tod Lvl. 3]
Gesamtstatistik: [Ausdauer Lvl. 44 (+10)], [Stärke Lvl. 42 (+10)], [Beweglichkeit Lvl. 44 (+10)], [Mana Lvl. 35 (+10)]
Gesamtevaluierung: noch in Arbeit
Dieser Charakter wurde von einem Parasiten infiziert. Ein Parasit besitzt die Kontrolle über diesen Charakter. Ein Teil der STATs des Parasiten Antinus wurden auf den Charakter übertragen.
!!!
Dieser Charakter wurde von einem Parasiten infiziert. Ein Parasit besitzt die Kontrolle über diesen Charakter. Ein Teil der STATs des Parasiten Antinus wurden
Verdammter Mist.
So wie ich es befürchtet habe!
[Dank deines Attributs wird deine Erinnerungsfähigkeit an bestimmte Szenen erhöht.]
ES GIBT FÜNF SPEZIEN AUF CHRONOS. DIE VELKA IM OSTEN, DIE PARASITEN IM WESTEN, DIE IMYUNTAR IM SÜDEN, DIE MISTELLEN IM NORDEN UND IM ZENTRUM DIE INBAGO.

Das fünfte Szenario wurde mit der **Katastrophe von Chronos** als Motiv kreiert.
Als Chronos untergegangen ist...
... hat jede der dominanten Spezies einen Helden ausgewählt.
Diese fünf Helden waren dazu bestimmt, das Vermächtnis von Chronos weiterzutragen, nachdem ihre Welt untergangen ist.
Durch einen Vertrag mit dem Starstream...
... wurden sie in eine andere Welt geschickt.
Im Gegenzug dafür, dass sie der Spezies einer anderen Welt helfen würden, die kommenden Katastrophen zu stoppen...
... wurde ihnen ihr Überleben garantiert.

Diese Helden werden **Guides** genannt.
Menschenkind, woher weißt du das alles?
Kriiiek!
Parasiten-königin Antinus.
Du bist nicht Seolhwa.
!
Warum führst du deine Pflicht als Guide nicht aus...
SCHHHH

... und erweckst stattdessen die Katastrophe?
[Das Level-5-Monarchenrang-Insekt Parasit Antinus starrt dich an.]
Kriiiek!

Du warst es, die die Menschen hier einfach nach Belieben hat mutieren lassen, nicht wahr?
Weshalb hast du das getan?
Was hast du davon, wenn die Katastrophe frühzeitig erwacht?
Das Ziel von euch Guides ist es doch, gemeinsam mit den Menschen die Katastrophe aufzuhalten...
... und mit uns zusammen eine neue Welt aufzubauen, oder nicht?
KRIIING
Du hast dir mit dem Terraforming dieser Welt solche Mühe gegeben...
GRAP

... also warum zur Hölle willst du sie jetzt zer-stören?
KRA WOMM
Kriek! Wie kann ein einfacher Mensch...
Du wider-setzt dich dei-ner Pflicht.
Es ist aber noch nicht zu spät, also verlass sofort diesen Körper.
Führe deine Pflicht als **Guide** aus, Antinus!
Im Original wird die **Giftschönheit** zu einer der **zehn Bösen**, nachdem sie vom **Parasiten** befallen wurde.
Falls sie also von dem Befall befreit werden kann...

... muss ich sie vielleicht gar nicht umbringen.
Mitternachtsrendezvous.
[Junghyeok Yu]: Bring sie um.
!
Was?
[Junghyeok Yu]: Das Überleben der Welt ist wichtiger als das ihre.

[Junghyeok Yu]: Triff die weise Entscheidung, Dokja.
...
[Dokja Kim]: Macht dir das nichts aus?
[Junghyeok Yu]: Das ist mir egal.
Wie er einen auf kaltblütig macht...

Wenn Seolhwa stirbt, wird das Junghyeok irgendwann zusammenbrechen lassen.
Immer wieder den Tod von Freunden und Geliebten mitansehen zu müssen...
... verschleiert irgendwann seine Erinnerungen und bricht seinen Geist.

FSCHHH
Kriek!
Stirb!

WUSCH
Urgh!
Eine von Seolhwas Fähigkeiten…
… ist das **Tausendgeistergift!**
FSCHHH
[Junghyeok Yu]: Hast du einen Abwehrplan gegen ihr **Tausendgeistergift**?
[Dokja Kim]: Ja.
Antinus, weißt du eigentlich, wer der Sponsor deines Wirtes ist?
GSCHRT

Natürlich weißt du das nicht.
Sonst hättest du wohl kaum diesen Körper befallen.

東醫寶鑑
[Eine Konstellation, die befürchtet, dass die orientalische Medizin an Wertschätzung verliert, gibt seinen Spitznamen preis.]
[Die Konstellation Göttlicher Heiler Guam sieht dich voller Erstaunen an.]
Es hat mich einige Mühe gekostet, das in die Finger zu bekommen.
東醫寶鑑
[Die Wirkung des Items Donguibogam - unvollständig ist aktiviert.]
[Dein Körper ist vorübergehend immun gegen Gift.]
[ITEM] DONGUIBOGAM - UNVOLLSTÄNDIG
Blockt Giftschäden ab.

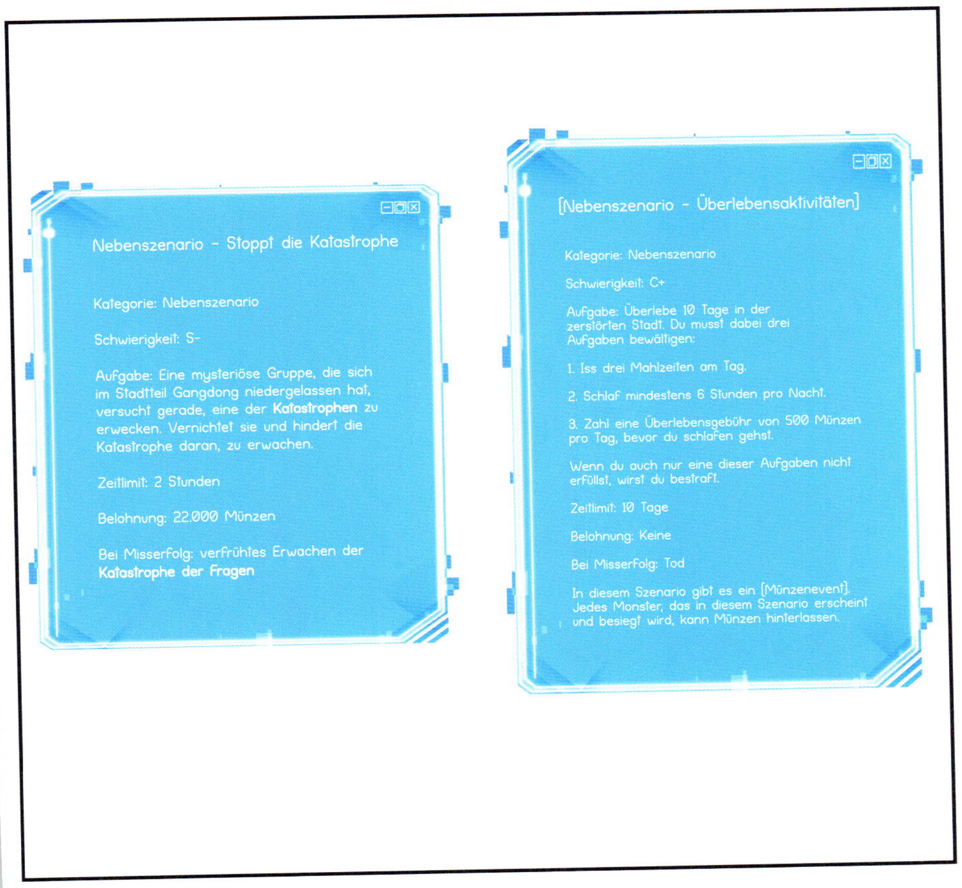
Nebenszenario - Stoppt die Katastrophe
Kategorie: Nebenszenario
Schwierigkeit: S-
Aufgabe: Eine mysteriöse Gruppe, die sich im Stadtteil Gangdong niedergelassen hat, versucht gerade, eine der **Katastrophen** zu erwecken. Vernichtet sie und hindert die Katastrophe daran, zu erwachen.
Zeitlimit: 2 Stunden
Belohnung: 22.000 Münzen
Bei Misserfolg: verfrühtes Erwachen der **Katastrophe der Fragen**
[Nebenszenario - Überlebensaktivitäten]
Kategorie: Nebenszenario
Schwierigkeit: C+
Aufgabe: Überlebe 10 Tage in der zerstörten Stadt. Du musst dabei drei Aufgaben bewältigen:
1. Iss drei Mahlzeiten am Tag.
2. Schlaf mindestens 6 Stunden pro Nacht.
3. Zahl eine Überlebensgebühr von 500 Münzen pro Tag, bevor du schlafen gehst.
Wenn du auch nur eine dieser Aufgaben nicht erfüllst, wirst du bestraft.
Zeitlimit: 10 Tage
Belohnung: Keine
Bei Misserfolg: Tod
In diesem Szenario gibt es ein [Münzenevent]. Jedes Monster, das in diesem Szenario erscheint und besiegt wird, kann Münzen hinterlassen.

[Verbleibende Zeit: 7 Tage]

EP. 17

Omniscient Reader's Viewpoint

Bei dem Szenario **Die Qualifikationen des Königs**...
... als alle Könige auf den Vier-Yin-Dämo-nenköpfer aus waren...
Oh, das ist das Dongui-bogam.
... habe ich mir so einige andere Items geschnappt.
Das Donguibogam ist ein Konstella-tionsartefakt, das nur vervollständigt werden kann, wenn man alle 25 Kapitel gesammelt hat.
東醫寶鑑
Leider habe ich bisher nur acht Kapitel gefunden...
... aber das genügt, um das Level-S-Item **Entgiftungsperle** zu aktivieren.
Kriiiek?
Das kann nicht sein! Das **Tausendgeis-tergift**...
Ich weiß.
Mit einer Entgiftungsperle kann es nicht neutralisiert werden.

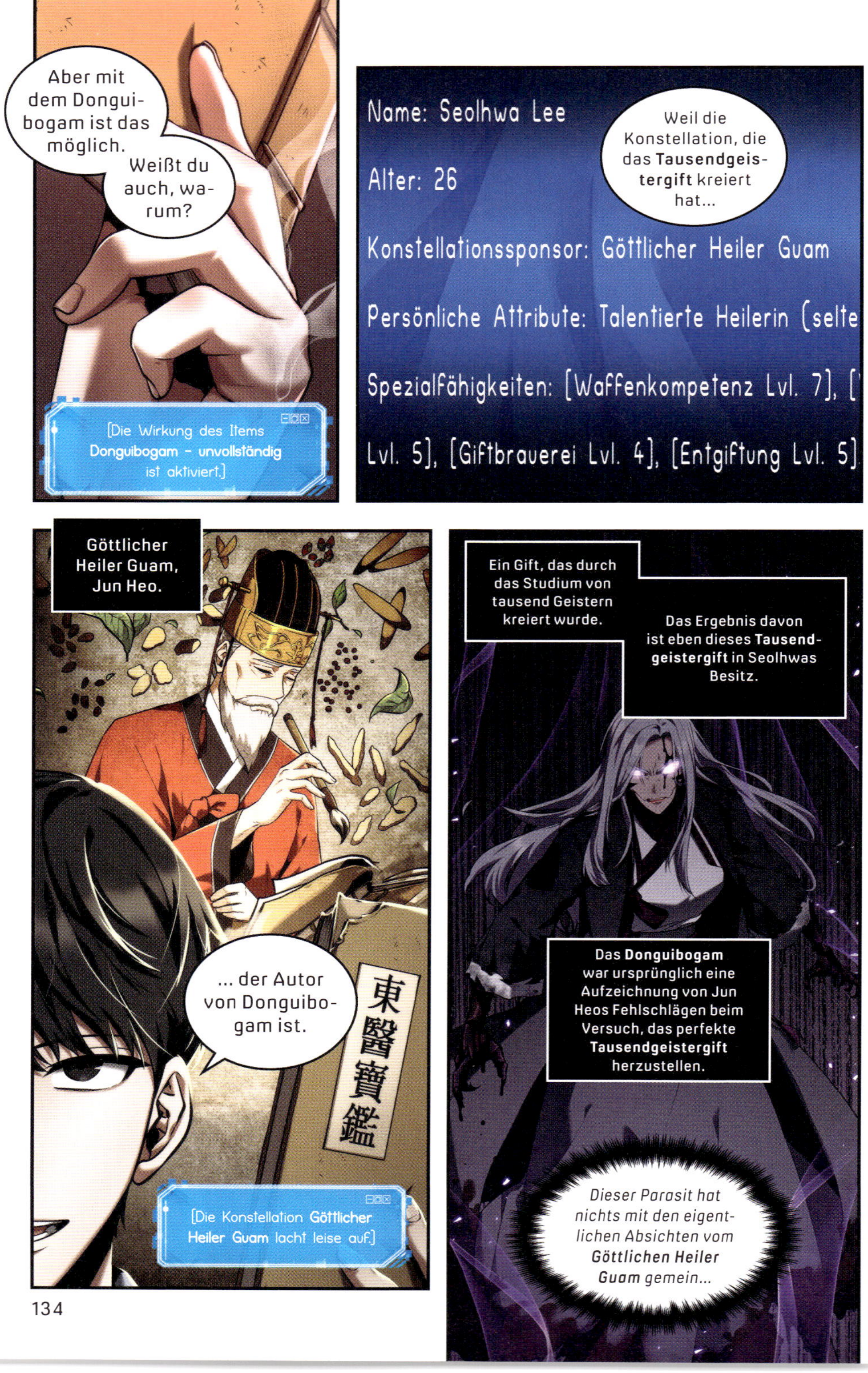
Aber mit dem Donguibogam ist das möglich.
Weißt du auch, warum?
[Die Wirkung des Items Donguibogam – unvollständig ist aktiviert.]
Name: Seolhwa Lee
Alter: 26
Konstellationssponsor: Göttlicher Heiler Guam
Persönliche Attribute: Talentierte Heilerin (selte
Spezialfähigkeiten: [Waffenkompetenz Lvl. 7], [
Lvl. 5], [Giftbrauerei Lvl. 4], [Entgiftung Lvl. 5]
Weil die Konstellation, die das Tausendgeistergift kreiert hat…
Göttlicher Heiler Guam, Jun Heo.
… der Autor von Donguibogam ist.
東醫寶鑑
[Die Konstellation Göttlicher Heiler Guam lacht leise auf.]
Ein Gift, das durch das Studium von tausend Geistern kreiert wurde.
Das Ergebnis davon ist eben dieses Tausendgeistergift in Seolhwas Besitz.
Das Donguibogam war ursprünglich eine Aufzeichnung von Jun Heos Fehlschlägen beim Versuch, das perfekte Tausendgeistergift herzustellen.
Dieser Parasit hat nichts mit den eigentlichen Absichten vom Göttlichen Heiler Guam gemein…

... was bedeutet, dass Seolhwa mich nicht aus eigenem Willen heraus angegriffen hat.
[Die Konstellation **Göttlicher Heiler Guam** wirft dir einen entschuldigenden Blick zu.]
[Die Konstellation **Göttlicher Heiler Guam** bittet um deine Vergebung.]
[Dir wurden 300 Münzen gespendet.]
Erwartet er ernsthaft, dass ich ihm für lausige 300 Münzen vergebe?
Du!
Komm da raus, solange ich dich noch nett darum bitte.
Kriek?
Noch ist es nicht zu spät.
Du kannst immer noch zu deiner Rolle als Guide zurückkehren.
Bring doch den Leuten deine Fähigkeiten bei und vertrag dich mit ihnen.
Und wer weiß, vielleicht wirst du ja selbst irgendwann einmal zur Konstellation, wenn du dich lange genug anstrengst.
Ich... verachte euch...
War es also wirklich ihr Hass auf die Menschen, der sie dazu treibt?
Es tut mir wirklich leid, dass deine Welt untergegangen ist.
Aber ist es deshalb unbedingt nötig, dass auch diese Welt untergeht?

Ich werde euch alle...
... töten!

SWUSCH
GRAP
?!
Ich wollte diese Methode eigentlich vermeiden, da sie auch Seolhwa große Schmerzen bereiten wird.
[Die Wirkung des Items **Donguibogam – unvollständig** ist aktiviert.]
[Das **Donguibogam – Akkupunktur** bringt dir die Essenz der orientalischen Medizin bei.]
東醫寶鑑
Da das **Donguibogam** unvollständig ist…
… kann ich damit keine Wunder bewirken, wie etwa ein starkes Gift zu produzieren oder einen sterbenden Menschen zu heilen.
Leichte Heilungen sind allerdings durchaus möglich.
Zum Beispiel…
[Deine SpezialFähigkeit **Druckpunkt Lvl. 2** wurde aktiviert!]

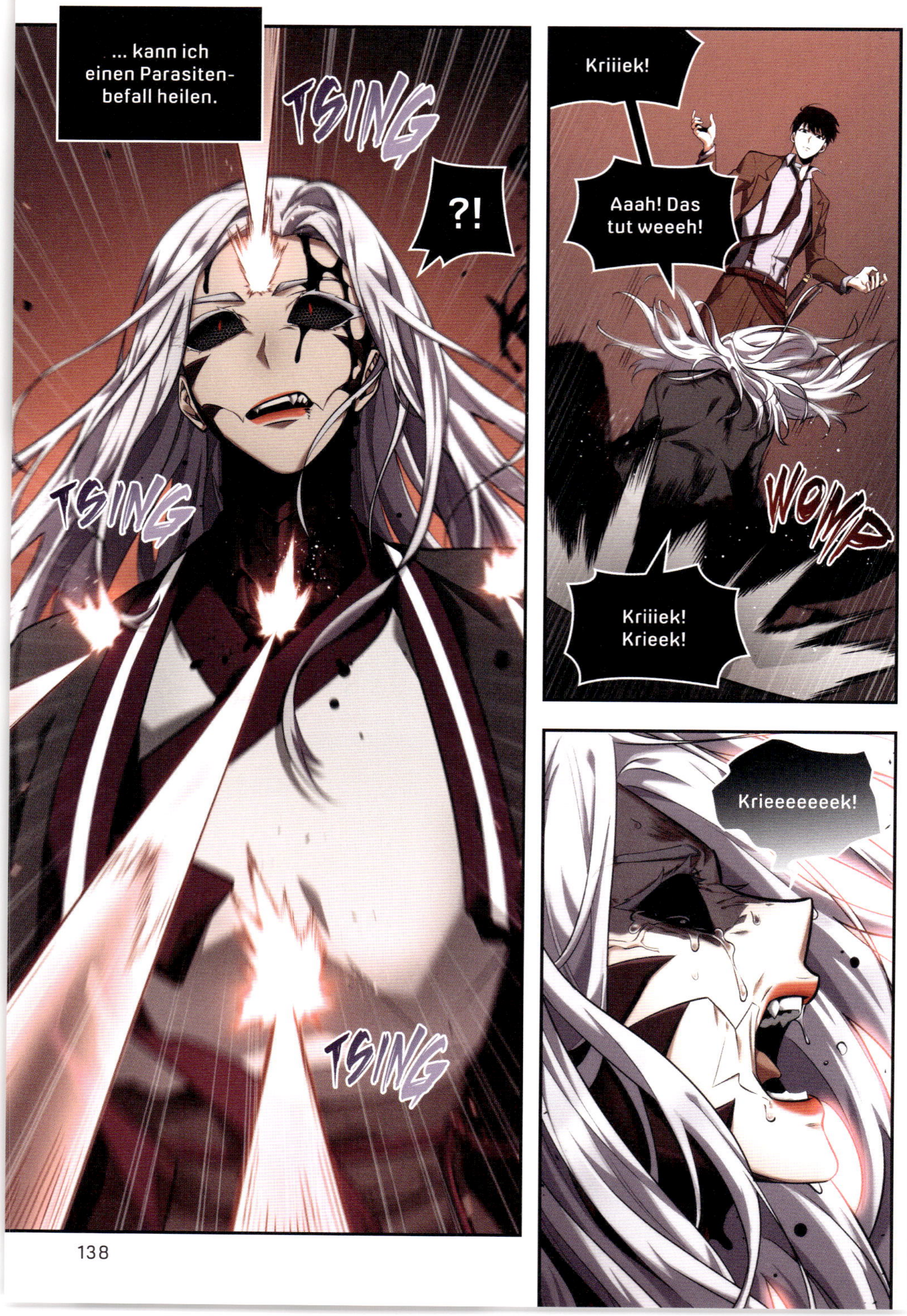
... kann ich einen Parasiten-befall heilen.
TSING
?!
TSING
TSING
Kriiiek!
Aaah! Das tut weeeh!
WOMP
Kriiiek! Krieek!
Krieeeeeeek!

[Die Essenz der orientalischen Medizin zeigt ihre Wirkung.]
WLÄRG
Urgh... Urgh...
SPROTZ
SPROTZ
[Die Konstellation Göttlicher Heiler Guam sieht stolz auf dich herab.]
[Die Konstellation Göttlicher Heiler Guam dankt dir für deine gute Tat.]
[Dir wurden 500 Münzen gespendet.]
HAH
HAH
Wer... bist du?

Junghyeok Yu hat mich geschickt.
Junghyeok? Wer soll das sein?
Mitternachtsrendezvous
[Junghyeok Yu]: Dokja, mach bloß nichts Dummes!
Das wirst du schon bald rausfinden.
Damit sollte die **Giftschönheit**… ich meine, die weise Medizinerin Seolhwa Lee…
… problemlos zu Junghyeoks Gefährtin werden können.
Oder nein, sie muss es sogar werden.

Dokja, wir sind hier drüben fertig!
Schon?! Die haben zu zweit all die Leute ausgeschaltet?
Moment, kommt nicht näher!
WBB
WBB

Krieek... Du Mensch...
Zurück, bevor ihr noch infiziert wer-det!
Das ist die eigentliche Gestalt der Parasitenköni-gin Antinus!
SWUUUSCH

Urgh!
GRAP
Sie ist rasend schnell. Nicht mal ich kann sie mit meiner Beweglichkeit auf Level 50 aufhalten.
Kriek!
Auch wenn ihre Welt untergegangen ist, war sie einst eine Heldin.
Sie wird also mindestens so stark wie Lycaon sein!
SWUSCH
!

KRA
WOMM
Argh!
Verdammt...
Ich muss nur noch ein bisschen... mehr Zeit schinden...
Ein Guide, der vor dem Ende des Szenarios bereits Amok läuft, verstößt eindeutig gegen die Regeln!

ZZT
Sie wird niemals die Plausibilitätsregel bestehen.
BWWT
!
Ach ja, das hatte ich ja auch noch.
BWWT
Tut mir leid, aber ich bin nicht dein Gegner.
Kriek?

SWL
SCH
Du hast gerufen, Meister?

Lycaon?
Antinus.
Was zur Hölle treibst du hier?
GRRR
Hast du bereits deine Mission vergessen?
Warum kämpfst du gegen die Menschen dieser Welt?
Kriiiek! Meine Mission? Haben wir so was denn?
Es ist unsere Pflicht als Guides, die Bewohner dieser Welt …
… in ihrem Kampf gegen die Katastrophen zu leiten.
Hast du das Opfer der Krieger auf Chronos denn schon vergessen?

Wir müs-sen die Kata-strophen auf-halten.
Wir müssen mit den Lebewesen dieser Welt zusammen-arbeiten, um den terra-geformten Planeten zu beschützen...
... und Chronos' Zivilisation neu zu errichten!
Das ist unsere göttliche Mission!
Der Neuauf-bau der Zivi-lisation von Chronos.
Die Guides mögen zwar wie Verbündete aus-sehen...
... aber ihr wahres Ziel ist es, diese Welt zu schwächen, um ihre eigene vernichtete Welt neu aufzubauen.
Sie helfen uns also auch nur aus reinem Eigensinn heraus.
Für sie ist die Erde...

Hör schon auf mit deiner Heuchelei! Du bist also hier, um die Katastrophen aufzuhalten?
Wenn du den Menschen wirklich hättest helfen wollen...
... warum hast du dann von Anfang an nicht dagegen gestimmt, als die Erde als Ziel für die Katastrophen bestimmt wurde?
Das...
Was labern die da?
...
Lycaon.
Du bist keinen Deut besser als ich!
Wir sind nur auf diesem Planten, um Rache zu nehmen!
Wir sind hier, um es denen, die unsere Welt mit Katastrophen zerstört haben, heimzuzahlen!
Wenn du das tust, bedeutet das auch deinen Tod.
Die Plausibilitätsregel des Starstreams verzeiht keinen Amoklauf von Guides.

Die Antinus, die du kennst, ist bereits in ihrer Heimat mit den anderen Parasiten gestorben.
Du willst es einfach nicht verstehen, was?
Hihihi! Lycaon!
Du jämmerlicher Wolf der Imyuntar!
Hast du denn die Geschichte von Chronos vergessen?
Die Wölfe haben kein einziges Mal gegen die Insekten gewonnen!
SWUSCH
Ich bin nicht mehr der **Imyuntar**, den du einst kanntest.

Hihi... Jetzt wird es interessant!
Ich werde mich selbst davon überzeugen, wie sehr sich dein **Pfad** gesteigert hat!
[Das Level-5-Monarchenrang-Insekt Parasit Antinus setzt Beschleunigte Flügel Lvl. 8 ein.]
SWUUUSCH
FYUUUUIII

[Das Level-5-Monarchenrang-Insekt Parasit Antinus setzt Zerstörung der Gottesanbeterin Lvl. 8 ein.]
KRA
WOMM
WOMP

WUMM
Kriiiek!
WOMM
RUMS
W...Was zur Hölle ist das für eine Technik? Ist das die **Sofortige Beschleuni-gung**?
Nein, das ist der **Pfad des Windes**.

Der Pfad des Windes kann sowohl als Teleportfunktion...
... als auch zum Ausweichen von Angriffen eingesetzt werden.
Wenn ich nur diese eine Fähigkeit meistern könnte...
... könnte ich alle anderen Fähigkeiten vorübergehend dadurch ersetzen.
WOMM

Kriiiek! Verdammter Wind!
Königin der Insekten, knie nieder vor dem Wind!

Kyaaaaaah!
FSCHHH

SROTSCH

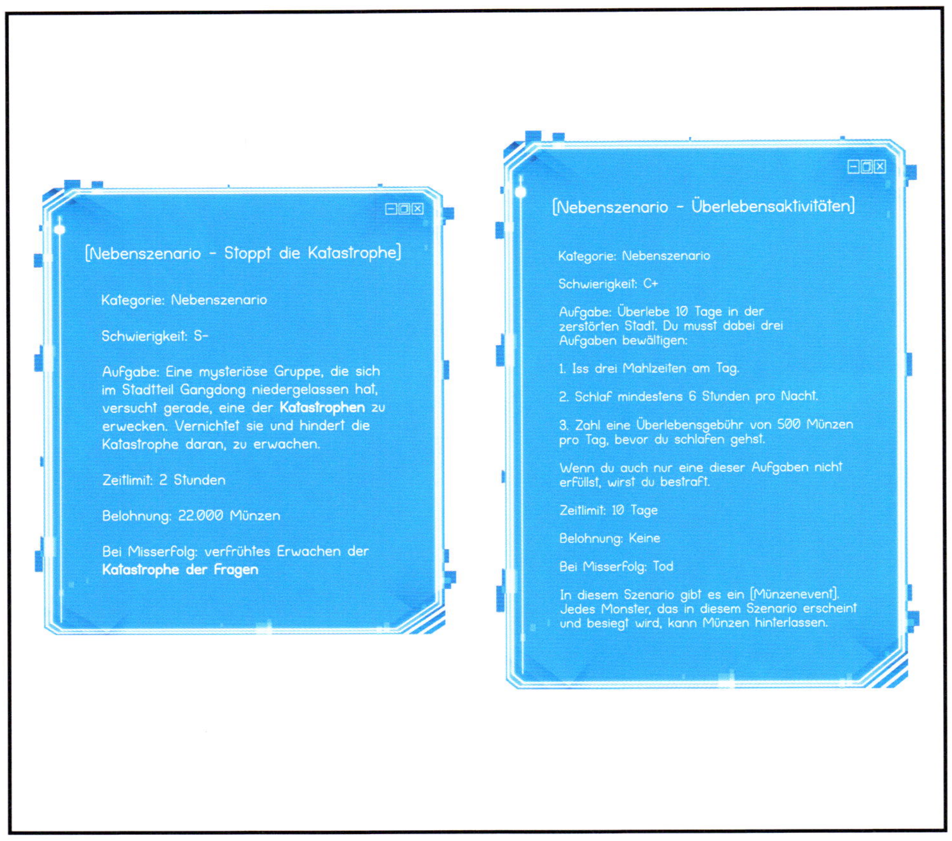
[Nebenszenario - Stoppt die Katastrophe]
Kategorie: Nebenszenario
Schwierigkeit: S-
Aufgabe: Eine mysteriöse Gruppe, die sich im Stadtteil Gangdong niedergelassen hat, versucht gerade, eine der **Katastrophen** zu erwecken. Vernichtet sie und hindert die Katastrophe daran, zu erwachen.
Zeitlimit: 2 Stunden
Belohnung: 22.000 Münzen
Bei Misserfolg: verfrühtes Erwachen der **Katastrophe der Fragen**
[Nebenszenario - Überlebensaktivitäten]
Kategorie: Nebenszenario
Schwierigkeit: C+
Aufgabe: Überlebe 10 Tage in der zerstörten Stadt. Du musst dabei drei Aufgaben bewältigen:
1. Iss drei Mahlzeiten am Tag.
2. Schlaf mindestens 6 Stunden pro Nacht.
3. Zahl eine Überlebensgebühr von 500 Münzen pro Tag, bevor du schlafen gehst.
Wenn du auch nur eine dieser Aufgaben nicht erfüllst, wirst du bestraft.
Zeitlimit: 10 Tage
Belohnung: Keine
Bei Misserfolg: Tod
In diesem Szenario gibt es ein [Münzenevent]. Jedes Monster, das in diesem Szenario erscheint und besiegt wird, kann Münzen hinterlassen.

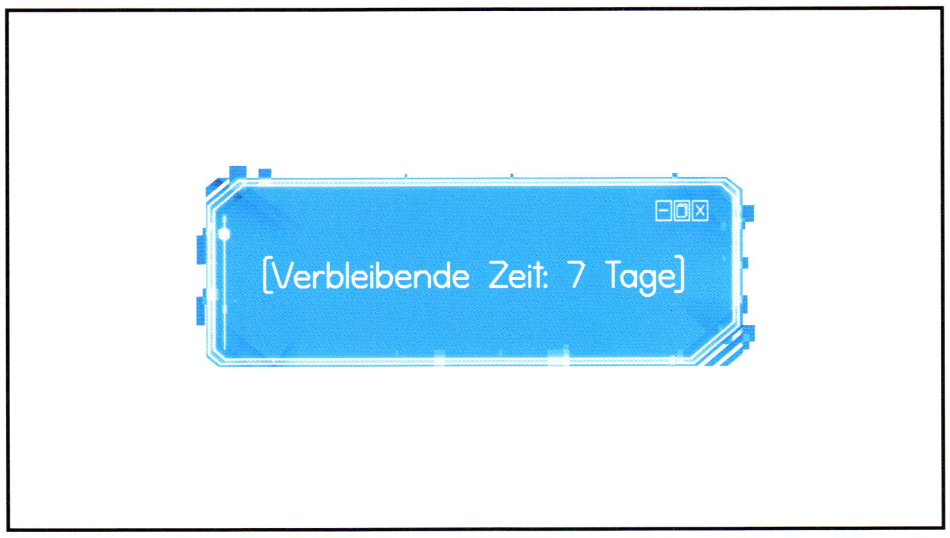
[Verbleibende Zeit: 7 Tage]

OMNISCIENT READER

EP. 17

Omniscient Reader's Viewpoint

WOMP
FYUUUIII

Kriiieek!
FSCHHH
FSCHHH
Selbst für eine Heldin von Chronos wie Antinus wird es nicht einfach sein...
... gleichzeitig gegen Lycaon und die Folgen der Plausibilitätsregel anzukommen.

Kriiiek!
FLAPP
Ich werde nicht untergehen!
!!!
Mitternachtsrendezvous
[Junghyeok Yu]: Dokja! Bring sie um! Schnell!
Sie hat vor, dem Meteoriten ihr übriges Mana einzuflössen!
Verdammter Mist!

Meine Welt, meine Spezies!
Meine Kinder!
Ich werde euch dafür bezahlen lassen...
... dass ihr meine Welt zerstört habt!
[Die Klinge des Glaubens wird aktiviert.]

TSCHACK

KRA
WOMM
Habe ich sie aufge-halten?
Grr... Meister!

Es tut mir l…
KRACKS
!!!
WOMM
WAWOMM

KRA WOMM
Urgh!
Mist… ver-dammter…
[Du hast das Szenario nicht gemeistert.]

SWUSCH
Dokja!

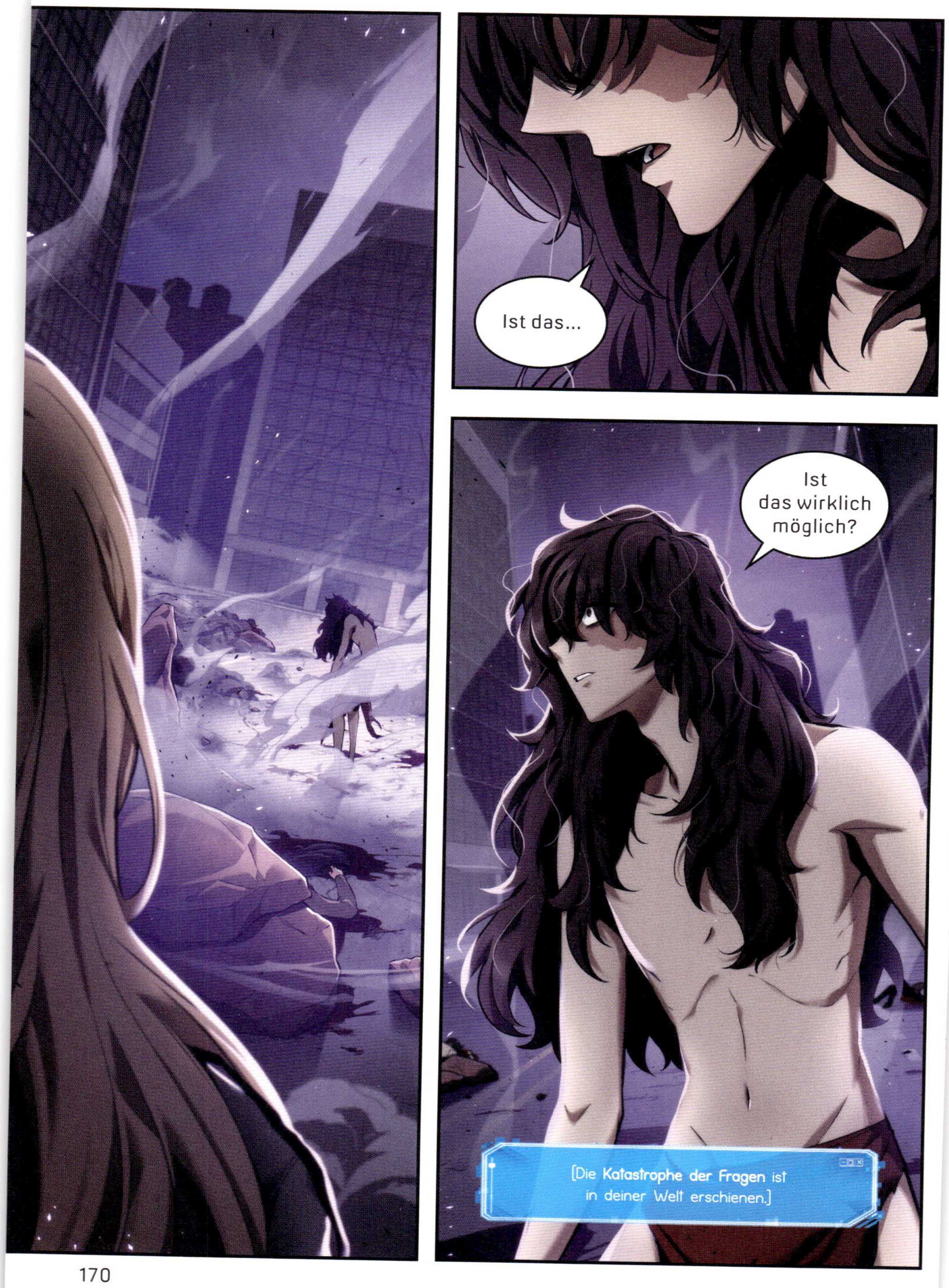
Ist das...
Ist das wirklich möglich?
[Die Katastrophe der Fragen ist in deiner Welt erschienen.]

I...Ich soll ein Held sein?
Ich soll wirklich zum Helden geworden sein? Ernsthaft?
Ist das hier... wirklich...

DING
Hey, was zur Hölle ist...
[Die Katastrophe der Fragen ist aufgrund der vorzeitigen Erweckung geschwächt.]
[Als Strafe kannst du die Katastrophe der Fragen drei Minuten lang nicht angreifen.]
Ver-dammter Mist...
Nicht der Kerl, sondern wir werden be-straft?
Machen die Dokkaebis eigentlich überhaupt noch ihren Job?
Wir müssen ihn töten.
Wir müs-sen ihn sofort töten.
Oh, ein Mensch!
Urgh...
Ein Mensch! Hey, alles klar bei dir?

Du, darf ich dich mal was fragen?
Ah, urgh... Wer...
Nein, du darfst ihm nicht antworten!
Wo sind wir hier? Und welches Jahr haben wir?
W... Was soll die Frage?
Stell keine Gegenfragen und antworte einfach. Welches Jahr haben wir?
W...Wir sind hier in Seoul...
... im Jahr...
ZZZT
[Die erste Frage wurde beantwortet.]
[Das erste Siegel des Rückkehrers Ilsang Myeong wurde gebrochen.]
Ha... Haha...
Hahaha!
?

Hey, weißt du eigentlich, was ich alles durchgemacht habe?
Du hast keinen blassen Schimmer, was?
Du hast noch kein Jahrhundert lang gelebt, oder?
Als einziger Mensch an solch einem Ort...

Wusstest du, dass es noch mehr Dimensionen gibt?
Voller widerlicher Insekten, Werwölfe und Vogelmenschen...

Ah, lass mich dir mal eine Frage stellen.
Was denkst du, welche Spezies von Insekten, Wöl-fen und Vögeln am besten ist?
A...Am besten für was?
Hahahaha!
Dann lieber so: Welches Fleisch von den dreien schmeckt wohl am besten?
B...Bitte... verschon mich...
SROTSCH

Es liegt wohl auf der Hand, wie das jetzt abläuft, oder?
Ihr wisst schon, ich werde ein Paar Level-S-Inkarnationen verkloppen...
... und Bündnisse zerstören.
Oder nein, Moment. Davor werde ich...
Oh?
Ein Mensch?
!
[Die Strafe für die vorzeitige Erweckung ist vorbei.]
Haha! Wen haben wir denn da Hübsches, na?
[Die Kraft, die deine Bewegungen eingeschränkt hat, verschwindet.]
Dokja Kim
Sangah, weich ihm aus!
TAUMEL
Mist! Ich habe zu viel Blut verloren.
Wer bist du?
TAPP
Würdest du das gern wissen?

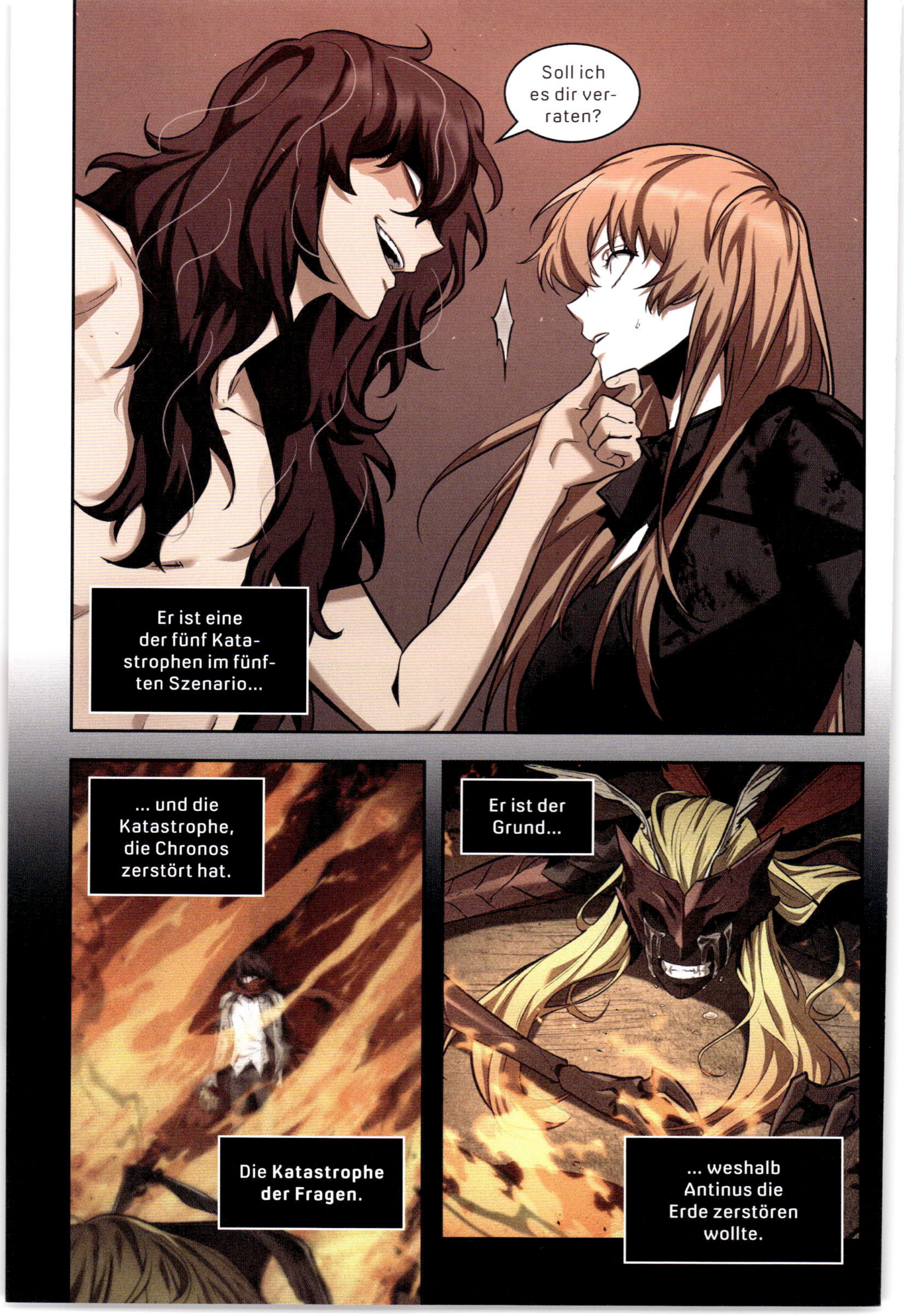
Soll ich es dir verraten?
Er ist eine der fünf Katastrophen im fünften Szenario...
... und die Katastrophe, die Chronos zerstört hat.
Die Katastrophe der Fragen.
Er ist der Grund...
... weshalb Antinus die Erde zerstören wollte.

Ein Junge, der als Held nach Chronos geholt wurde und nun zur Erde zurückgekehrt ist.
Der **Rückkehrer** Ilsang Myeong.
Antworte mir! Willst du wissen, wer ich bin?
Hmm...
Normalerweise solltest du in so einer Situation rot werden und meinem Blick ausweichen.

Du scheinst mir eine ganz Temperament-volle zu sein.
Oder hat sich das Schönheitsideal auf der Erde mitt-lerweile geändert?
Was…
Dokja Kim
Sangah, du darfst auf keinen Fall seine Fragen beantworten!
!
Wo guckst du denn hin?
Ist das da vielleicht dein Freund?
PATSCH
Pfoten weg.
[Die zweite Frage wurde beantwortet.]

ZITTER
...
[Das zweite Siegel des Rückkehrers Ilsang Myeong wurde gebrochen.]
Ich hab also recht.
ZZZT
Während ich 100 Jahre lang in einer anderen Dimension die Hölle durchgemacht habe...
ZZZT
... hast du dich hier in dieser friedlichen Welt amüsiert, sehe ich das richtig?
ZIIING
[Der Rückkehrer Ilsang Myeong setzt kleine Rote Feuerkanone ein.]

!!!
FRS
SSH
Die Rote Feuerkanone!
Die Flammen, die die Monarchenrang-Insekten auf Chronos ausgelöscht haben!
Scheiße, tut das weh!
Das tut echt verdammt weh! Das ist…
Ist… das schon alles?
… aber gar nicht so schlimm wie gedacht.
Ist das wirklich die **Rote Feuerkanone**, die die Monarchenrang-Insekten in Angst und Schrecken versetzt hat?

WUSCH
Was zur... Warum bist du so stark?
SWRRL
Bist du vielleicht auch eine Rückkehrerin, Süße?
Oder nein, bin ich vielleicht schwächer geworden?
Irgendwas ist hier faul.
*Die **Katastrophe der Fragen** sollte um einiges stärker sein, wenn erst mal zwei Siegel gebrochen wurden.*
Selbst wenn Sangah stärker geworden ist, kann sie auf keinen Fall einer Katastrophe ebenbürtig sein.
[Deine Spezialfähigkeit **Charakterprofil** wurde aktiviert.]

SWUSCH
[Charakterprofil]
Name: Ilsang Myeong
Alter: 17 (127 Jahre)
Konstellationssponsor: Massenproduzent
Persönliche Attribute: Level-SSS-Held (heldenhaft), Katastrophe der Fragen (sagenhaft)
Spezialfähigkeiten: [Level-SSS-Wachstumsschub Lvl. 10 (aktuell Lvl. 1)], [Level-SSS-Schwertführung Lvl. 10 (aktuell Lvl. 1)], [Rote Feuerkanone Lvl. 9 (aktuell Lvl. 1)], [Level-SSS-Beinarbeit Lvl. 10 (aktuell Lvl. 1)]…
Stigma: [Die Antwort ist vorbestimmt und du musst nur antworten Lvl. 7 (aktuell Lvl. 2)]
Gesamtstatistik: [Ausdauer Lvl. 99 (aktuell Lvl. 55)], [Stärke Lvl. 99 (aktuell Lvl. 55)], [Beweglichkeit Lvl. 99 (aktuell Lvl. 60)], [Mana Lvl. 99 (aktuell Lvl. 55)]
Gesamtevaluierung: Die **Katastrophe der Fragen**, die Chronos zerstört hat. Die STATs sind derzeit als Strafe innerhalb dieses Szenarios versiegelt. Die STATs werden mit jedem gebrochenen Siegel steigen. Seine wahre Macht wird erwachen, sobald alle Siegel gebrochen sind. Beantworte auf keinen Fall seine Fragen, wenn dir dein Leben lieb ist. Wobei du sowieso sterben wirst.
!
Was geht hier vor? Die Katastrophe ist schwächer als im Original beschrieben.
Hat Bihyeong da seine Finger im Spiel?
Ich weiß zwar nicht warum, aber das ist unsere Chance.
Suyeong! Sangah!
Greift ihn mit voller Kraft an!
Wir müssen ihn hier und jetzt umbringen!
Jetzt…

... haben wir vielleicht sogar die Chance, ihn ohne den **Pfad des Windes** zu töten!
Aber vergesst nicht...
... antwortet auf keinen Fall auf seine Fragen!
Dokja Kim
Dokja Kim
Dokja Kim
[Du hast insgesamt 39.500 Münzen ausgegeben.]
[All deine STATs haben das erlaubte Limit in diesem Szenario erreicht.]
[Das Stigma **Schwertlied** wird aktiviert!]

[Ein Satz, der vom Gott der Seekriegsführung hinterlassen wurde, umhüllt dein Schwert.]
Was zur Hölle...?! Diese Fähigkeit sieht megastark aus!
[TAG 28. EIN SONNIGER TAG. ICH GEHE RAUS, UM PAPIERKRAM ZU ERLEDIGEN.]
Hä?
Der Gott der Seekriegsführung?

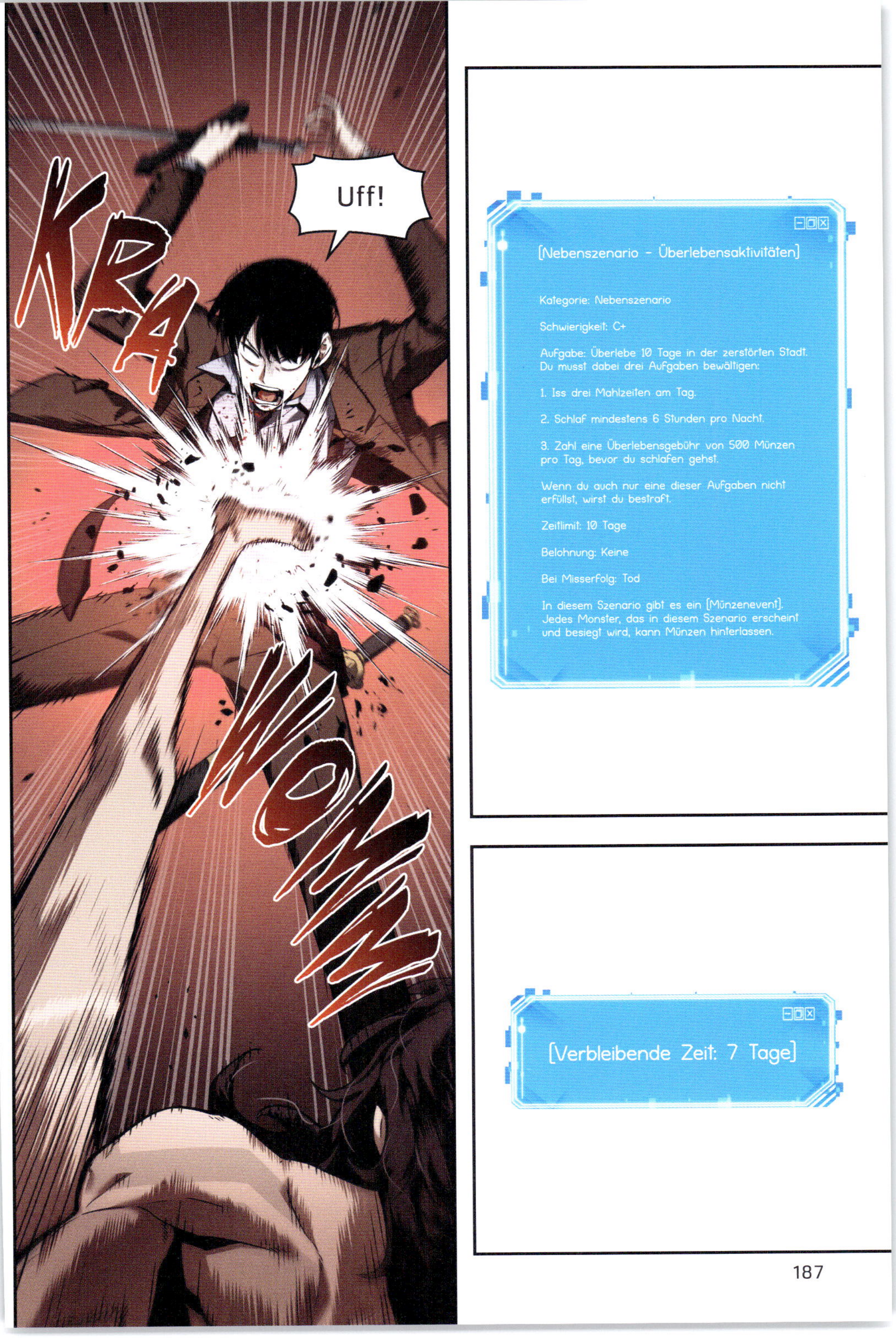
KRA
Uff!
WOMM
[Nebenszenario - Überlebensaktivitäten]
Kategorie: Nebenszenario
Schwierigkeit: C+
Aufgabe: Überlebe 10 Tage in der zerstörten Stadt. Du musst dabei drei Aufgaben bewältigen:
1. Iss drei Mahlzeiten am Tag.
2. Schlaf mindestens 6 Stunden pro Nacht.
3. Zahl eine Überlebensgebühr von 500 Münzen pro Tag, bevor du schlafen gehst.
Wenn du auch nur eine dieser Aufgaben nicht erfüllst, wirst du bestraft.
Zeitlimit: 10 Tage
Belohnung: Keine
Bei Misserfolg: Tod
In diesem Szenario gibt es ein [Münzenevent]. Jedes Monster, das in diesem Szenario erscheint und besiegt wird, kann Münzen hinterlassen.
[Verbleibende Zeit: 7 Tage]

EP.17

Omniscient Reader's Viewpoint

So wurden sie in **DWDAZÜ** beschrieben.
Manche reisen in der Zeit zurück, manche reisen in andere Dimensionen und manche werden wiedergeboren.
Letztendlich hat jeder Mensch seine eigene Methode, um die Apokalypse zu überleben.
Drei Wege, die Apokalypse zu überleben.
Das ist Nummer zwei der **drei Wege, die Apokalypse zu überleben.**
Die Menschen, die eine andere Welt zerstört haben, um selbst zu überleben, nennt man...
... Rückkehrer.

Ey, Alter, was sollte das denn? Ich hab mir ganz umsonst fast in die Hose gemacht.
Ich dachte schon, mein letztes Stündlein hätte geschlagen.
Der Rückkehrer Ilsang Myeong.
Verdammt...
Na ja, Kriegstagebuch bedeutet ja nicht automatisch, dass es darin nur um Kämpfe mit Feinden geht...
Aber warum auch ausgerechnet so ein Satz...
KHOFF
Du redest zu viel.

Stirb!
TSCHING
Du bist ja auch so eine süße Maus!
Wie alt bist du? 16?
Halt die Klappe und stirb!
Also echt... Was habt ihr nur alle? Was hab ich denn bitte verbrochen?
Wenn so ein gut aussehender Rückkehrer wie ich auftaucht...
... sollte man ihn doch mit offenen Armen empfangen, oder nicht?
Ich werde jetzt auch alle Monster für euch abschlachten.
Was faselst du Freak da?!

Autsch... Das tat jetzt aber echt weh.
Moment mal, könnte es sein...
TSCHACK
Seid ihr vielleicht von der Huntervereinigung? Stimmt, oder?
Das sind ja meist die Ersten, die gleich so ein Theater machen, wenn ein Rückkehrer auftaucht.
Was faselst du pubertierender Teenager hier bitte?! So was gibt es doch gar nicht!
[Die dritte Frage wurde beantwortet.]
[Die vierte Frage wurde beantwortet.]
[Die fünfte Frage wurde beantwortet.]
Hehehehe...
So wie du antwortest, müsst ihr tatsächlich von der Huntervereinigung sein.
ZZZT
[Das fünfte Siegel des Rückkehrers Ilsang Myeong wurde gebrochen.]

Verdammt…
KOHFF
Das war's dann wohl.

Jetzt fangen wir mal richtig an!
ZZZZT
Wen soll ich zuerst um-bringen?
Was zur Hölle ist das für ein Kerl?!
Hast du nicht gehört, dass du ihm nicht antwor-ten sollst?
Hör auf, ihn zu füttern.
Ich hab doch gar nicht geantwor-tet! Ich hab nur geflucht!
Sag einfach gar nichts.
Der Typ nimmt auch das als Antwort.
TSCHA
CK

TSCHANG
FLAPP
TAPP
WUSCH

Was?
Hermes' Spaziergang, Theseus' Resolution und Arachnes Netz.
Das sind zweifellos alles Fähigkeiten der Stigmen der Olymp-Konstellationen.
Aber solange sie nicht ein bestimmtes Event absolviert hat…
… kann sie unmöglich alle Stigmen der verschiedenen Konstellationen haben.
Ich hab ja selbst gerade mal zwei.

Und Sangah hat noch nicht mal **DWDAZÜ** gelesen.
Also wie in aller Welt ist sie nur an diese ganzen Stigmen rangekommen?
Hmpf...
Dokja! Jetzt!
!

TSCHRT
TSCHUNG
Mist!

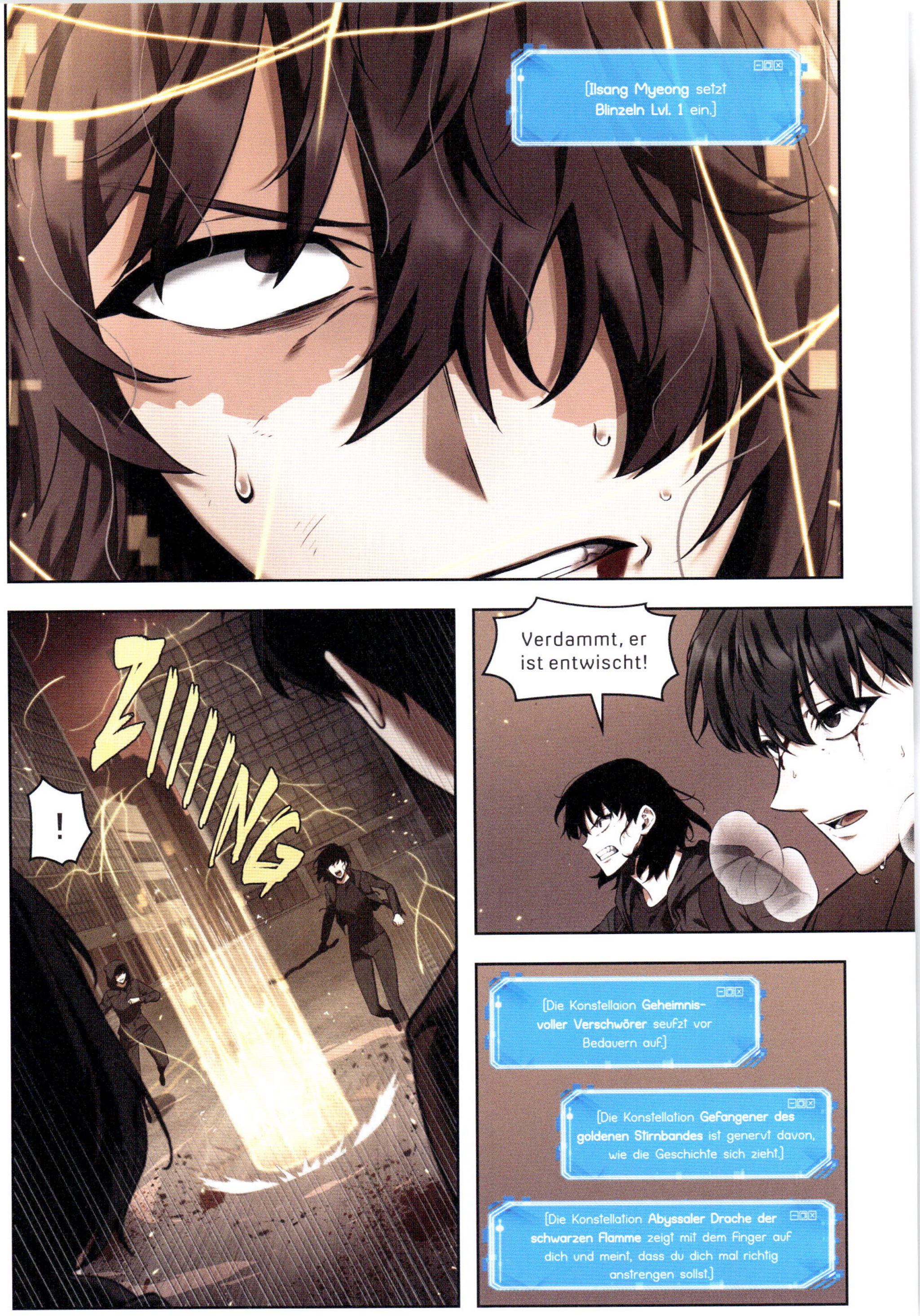
[Ilsang Myeong setzt Blinzeln Lvl. 1 ein.]
ZIIIING
!
Verdammt, er ist entwischt!
[Die Konstellaion Geheimnisvoller Verschwörer seufzt vor Bedauern auf.]
[Die Konstellation Gefangener des goldenen Stirnbandes ist genervt davon, wie die Geschichte sich zieht.]
[Die Konstellation Abyssaler Drache der schwarzen Flamme zeigt mit dem Finger auf dich und meint, dass du dich mal richtig anstrengen sollst.]

[Die Aufregung mancher Konstellationen hat ein kritisches Level erreicht.]
Keine Sorge, wir haben ihm Schaden zugefügt, daher sollten wir ihn schnell kriegen.
Und Sangah, du warst wirklich...
Sangah?
FYUUUIIII

Alter, bin ich hier dein persönlicher Packesel? Sobald jemand ohnmächtig wird, muss ich denjenigen schleppen.
Bin ich ein Lasten-Avatar, oder was?
Sie hat so viele Stigmen verschiedener Konstellationen auf einmal eingesetzt…
… dass es kein Wunder ist, wenn ihr Körper streikt.
Es kam zwar auch in **DWDAZÜ** manchmal vor, dass eine Inkarnation…
… mehrere Stigmen auf einmal hatte, aber…
… wenn ich recht habe, dann ist Sangah…
Die Katastrophe der Fragen…
Sie wird jedes Mal stärker, wenn man ihre Fragen beantwortet, richtig?
Bingo.
Die meisten Rückkehrer sind so stark…
… dass ihnen eine Strafe auferlegt wird.
Du hast ja vorhin gesehen, wie das Siegel gebrochen wurde, oder?
Wie viele Siegel sind ihm auferlegt?
Vermutlich Dutzende. Wenn die alle gebrochen wurden, war's das für uns.

Allerdings können wir froh sein, dass noch kein weiteres Szenario erschienen ist.
Wenn sich alle um ihn herumtummeln, um ihn zu bekämpfen...

... würden diese Idioten sämtliche Fragen von ihm beantworten und all die Siegel brechen, was wiederum...
!!!

Hm, ich bin wirklich beein-druckt.
Auch wenn ihm eine Strafe auferlegt wurde, ist er immer noch eine **Katastrophe**. Und trotzdem seid ihr drei ihm bereits gefährlich geworden.
Aber denkt ihr nicht, dass ihr ein wenig zu gierig seid?
Wie ging das Sprichwort noch mal... Unter Freun-den teilt man?
Fuck.

WUUUSCH
Inkar-
nationen von
Seoul!
Ich habe leider
eine schlechte
Nachricht zu ver-
künden!
Dank der
unsinnigen Taten
einiger Inkarna-
tionen...
... wurde eine
der Katastrophen
in Gangdong er-
weckt!
Was?
W...Wer
zur Hölle war
das?!
Hah, ich
kann euer Auf-
stöhnen bis hier
oben hören.
Verdammter
Mist!
Ich sehe auch,
wie einige von euch
bereits versuchen,
aus Gangdong zu
fliehen...
Aber lasst euch
gesagt sein: Wenn ihr
jetzt davonlauft, wer-
det ihr das später
nur bereuen.
Denn diese
Katastrophe ist
eindeutig eine gol-
dene Gelegenheit
für euch.
Aber
sagt doch
mal...

... habt ihr nicht alle eine harte Zeit...
... weil euer Leben von heute auf morgen aus den Fugen geraten ist?
Komische Leute sammeln Münzen von euch ein...
... und einstige Freunde greifen euch plötzlich an.
Vielleicht denkt ihr ja, man müsse jetzt wenigstens nicht mehr zur Arbeit.
Aber was ist das? Ein paar Sterne im Himmel sagen euch plötzlich...
... dass sie euch 100 Münzen geben, wenn ihr mit dem Hintern wackelt.
[Ein paar Konstellationen kichern amüsiert.]

So wie der Kerl spricht, darf ich ihn nicht unterschätzen.
Er ist auf keinen Fall nur ein niederer Dokkaebi eines einfachen Kanals.
Er weiß ganz genau, dass er hier mit **Lebewesen** und nicht nur einem Publikum spricht.
Ich verstehe, wie frustriert ihr euch fühlen müsst.
Ihr dachtet euch, ihr nehmt all euren Mut zusammen und lebt, wie ihr wollt, da die Welt eh dem Untergang geweiht ist.
… wenn ihr rausfindet, dass andere, die besser als ihr sind, bereits Konstellationssponsoren haben …
… während ihr euch doch so abgemüht habt …
Aber dann müsst ihr verzweifelt feststellen, dass selbst in dieser Welt bereits vorherbestimmt ist, wer Erfolg hat und wer nicht …
Für solche von euch habe ich jetzt etwas vorbereitet.

Die Unglücklichen und die, die es noch gar nicht versucht haben...
... können bei dieser Gelegenheit von heute auf morgen auch zu den **Erfolgreichen** gehören.
Moment mal, das ist doch nicht etwa...
... Dokgak?
SCHNIPP
Ich hatte mich schon gewundert, weshalb niedere Dokkaebis den Platz eines mittleren Dokkaebis übernommen haben...
Allerdings habe ich nicht damit gerechnet, dass ein Dokkaebi eines so gewaltigen Kanals hier auftaucht.

So, der Kerl, den ihr hier seht, ist sozusagen ein wandelndes Level-SSS-Item.
Sein Name lautet **Ilsang Myeong.**
Er hatte Glück und wurde dazu auserwählt, durch den Starstream in eine andere Dimension zu reisen.
Das habt ihr euch bestimmt alle schon mal vorgestellt, oder?
Ihr werdet plötzlich in eine andere Dimension gebeamt, werdet dort mit mordsmäßigen Kräften ausgestattet…
… und verbringt eine heiße Nacht mit einer süßen Elfe.
…
Und dann rettet ihr mal kurz die Welt und werdet als Held gefeiert!

Ganz genau, eben-dieser Mist-kerl...
... ist die **Katastrophe**, die es heute zu fangen gilt!
Ihr wollt wissen, wie man jemanden vom Level SSS ein-fängt?
Keine Sorge, seine Kräfte sind aktuell versie-gelt.
Er ist zwar stark, aber wenn ihr eure Kräfte ver-eint, erwartet euch eine wahre Schatz-truhe!
Der kann einem echt eine Gänsehaut ver-passen.
Wenn man eine **Katastrophe** einfach nur eine **Katastrophe** nennt, kommt keiner angerannt.
Aber wenn man diese Katastrophe nun eine Schatz-truhe nennt...
[Ein Nebenszenario ist erschienen.]

[Nebenszenario - Level-SSS-Jagd]
Kategorie: Nebenszenario
Schwierigkeit: B-???
Aufgabe: Besiegt den Level-SSS-Helden Ilsang Myeong.
Zeitlimit: keins
Belohnung: 5000 Münzen, Level-SSS-Item (nach dem Zufallsprinzip)
Bei Misserfolg: die Vernichtung des Seoul-Dome
Hat es aufgehört zu bluten?
Da ist er! Da ist der Kerl!
Das ist der Typ, der aus einer anderen Welt zurückgekehrt ist!
Oh, stimmt, das bin ich!
Oh, Menschen!
Du Mistkerl! Hast du dich dort amüsiert?

Ach, es war ganz nett.
Pah!
Hey! Stürzt euch alle auf ihn!

Wenn ihr so neidisch auf mich seid, soll ich euch dann auch dort hinschicken?
Was? Können wir etwa auch da hin?
Na klar.

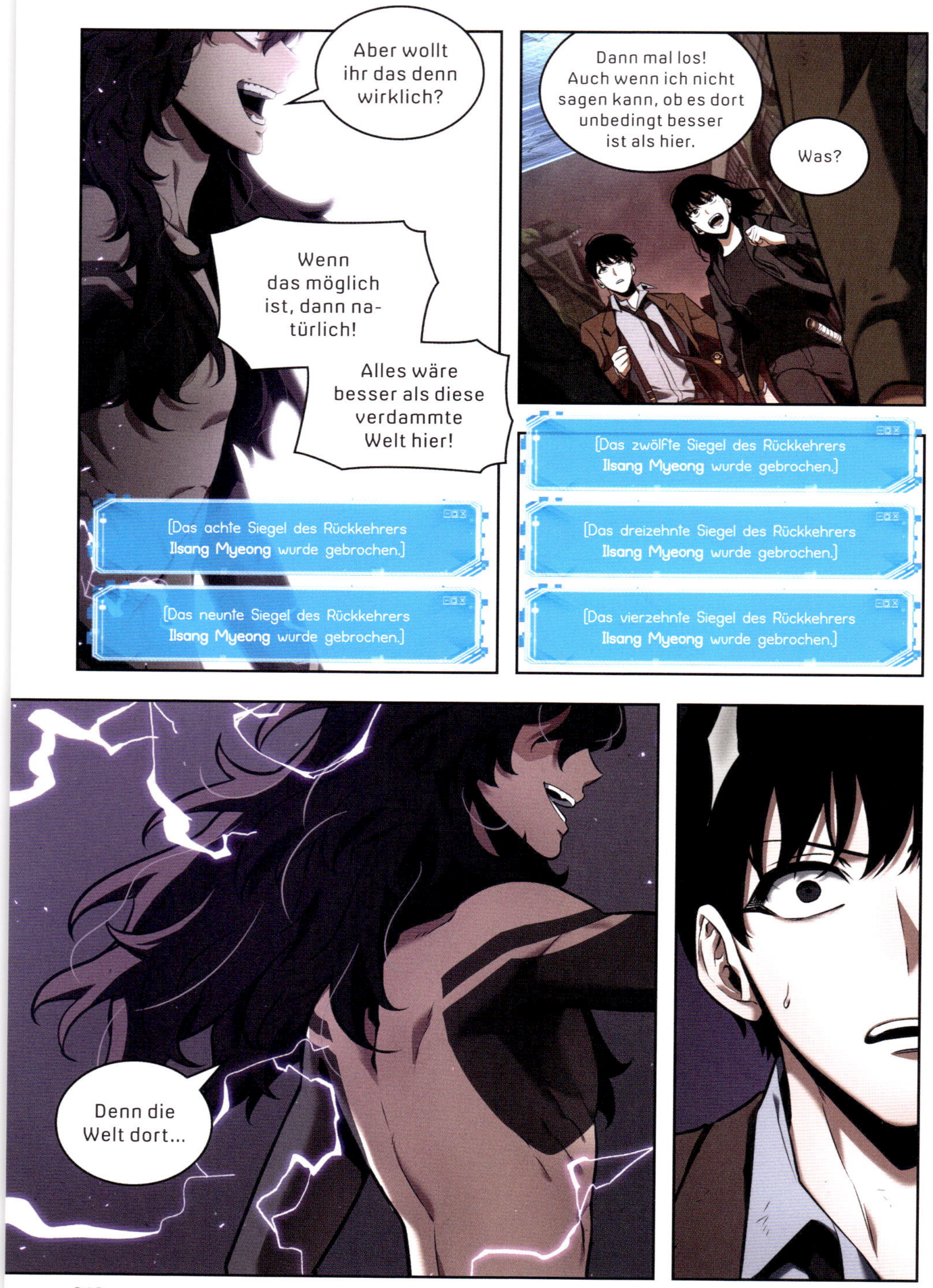
Aber wollt ihr das denn wirklich?
Wenn das möglich ist, dann na-türlich!
Alles wäre besser als diese verdammte Welt hier!
[Das achte Siegel des Rückkehrers Ilsang Myeong wurde gebrochen.]
[Das neunte Siegel des Rückkehrers Ilsang Myeong wurde gebrochen.]
Dann mal los! Auch wenn ich nicht sagen kann, ob es dort unbedingt besser ist als hier.
Was?
[Das zwölfte Siegel des Rückkehrers Ilsang Myeong wurde gebrochen.]
[Das dreizehnte Siegel des Rückkehrers Ilsang Myeong wurde gebrochen.]
[Das vierzehnte Siegel des Rückkehrers Ilsang Myeong wurde gebrochen.]
Denn die Welt dort …

... habe ich bereits zer-stört.
[Der Rückkehrer Ilsang Myeong setzt mittlere Rote Feuerkanone ein.]
SWUUUUSCH

FRRRSH

Gibt es noch jeman-den, der in eine andere Welt will?
Verdammt... Wie kommen wir nur gegen so was an?
Hebt nur die Hand! Ich schicke euch dann sofort dorthin!

Wir können ihn immer noch besiegen.
Wenn wir ihn jetzt erwischen, bekommen wir sogar noch eine bessere Belohnung.
Red keinen Müll und lass uns abhauen. Gegen den Typen haben wir keine Chance.
Vorhin hast du doch noch so getan, als ob wir nie gegen den ankommen würden.
Wo kommt also dein plötzliches Selbstvertrauen her?
Da haben wir ja noch jemanden, der noch nicht weg ist.
Oh?
ZUCK
Ihr seid doch die Leute aus der Huntervereinigung von vorhin, nicht wahr?

Wunderbar,
ich wollte euch
eh treffen.
Wisst ihr
eigentlich, dass ihr
meinen großartigen
ersten Auftritt hier
voll versaut habt?

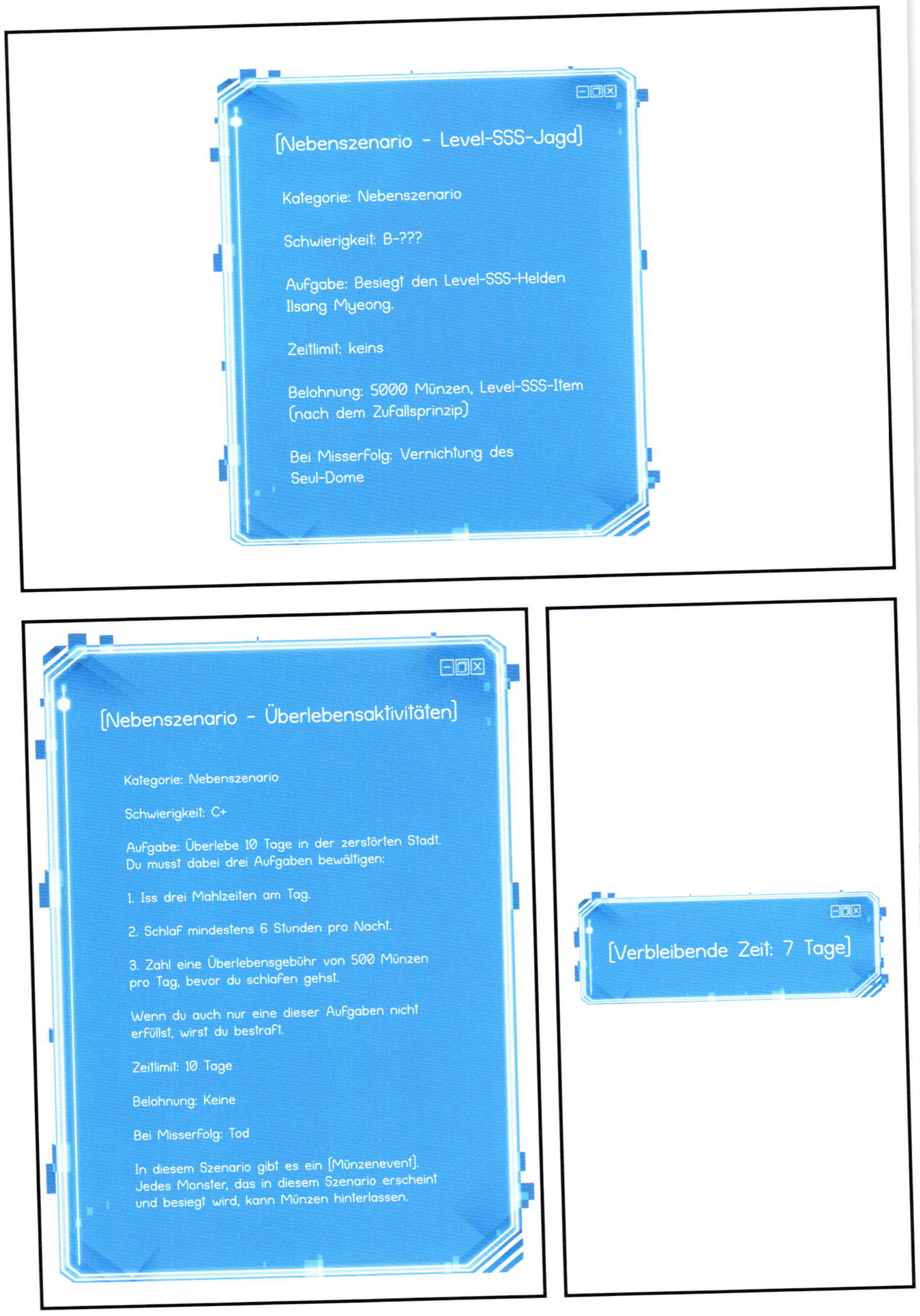
[Nebenszenario - Level-SSS-Jagd]
Kategorie: Nebenszenario
Schwierigkeit: B-???
Aufgabe: Besiegt den Level-SSS-Helden Ilsang Myeong.
Zeitlimit: keins
Belohnung: 5000 Münzen, Level-SSS-Item (nach dem Zufallsprinzip)
Bei Misserfolg: Vernichtung des Seul-Dome
[Nebenszenario - Überlebensaktivitäten]
Kategorie: Nebenszenario
Schwierigkeit: C+
Aufgabe: Überlebe 10 Tage in der zerstörten Stadt. Du musst dabei drei Aufgaben bewältigen:
1. Iss drei Mahlzeiten am Tag.
2. Schlaf mindestens 6 Stunden pro Nacht.
3. Zahl eine Überlebensgebühr von 500 Münzen pro Tag, bevor du schlafen gehst.
Wenn du auch nur eine dieser Aufgaben nicht erfüllst, wirst du bestraft.
Zeitlimit: 10 Tage
Belohnung: Keine
Bei Misserfolg: Tod
In diesem Szenario gibt es ein [Münzenevent]. Jedes Monster, das in diesem Szenario erscheint und besiegt wird, kann Münzen hinterlassen.
[Verbleibende Zeit: 7 Tage]

OMNISCIENT READER

Dokjas Kampf

EP.18

EP. 18

Omniscient Reader's Viewpoint

Ich wollte doch diesmal als guter Mensch leben.

KRA
WUMM
Ich wollte den Inkarnationen ein paar Level-S-Sachen beibringen...
Urgh!
... Bösewichte verkloppen und hübsche Frauen lieben.
Aber seht mich an: Ich stehe als der totale Oberbösewicht da.
Was machen wir da nur?

Wir haben keine Chance gegen ihn!
TSCHACK
Er ist viel stärker als vor...
TSCHRRRT
Argh!
Urgh!

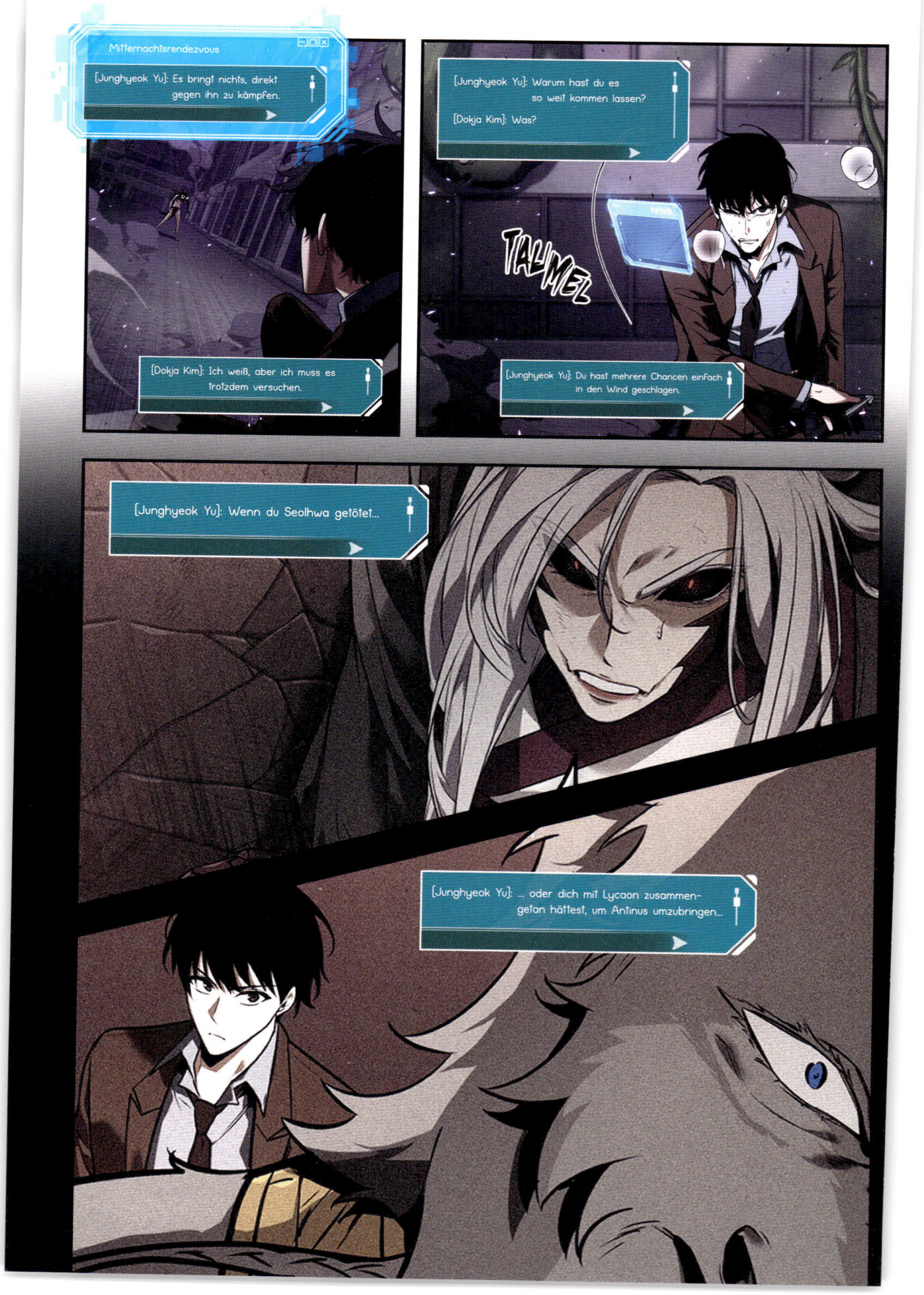

Mitternachtsrendezvous
[Junghyeok Yu]: Es bringt nichts, direkt gegen ihn zu kämpfen.
[Dokja Kim]: Ich weiß, aber ich muss es trotzdem versuchen.
[Junghyeok Yu]: Warum hast du es so weit kommen lassen?
[Dokja Kim]: Was?
TAUMEL
[Junghyeok Yu]: Du hast mehrere Chancen einfach in den Wind geschlagen.
[Junghyeok Yu]: Wenn du Seolhwa getötet…
[Junghyeok Yu]: … oder dich mit Lycaon zusammengetan hättest, um Antinus umzubringen…

[Junghyeok Yu]: ... dann hättest du diese Katastrophe aufhalten können.
...
Verteilt euch!
[Dokja Kim]: Ich bin kein Regressor wie du. Wenn ich einen Fehler mache, dann war's das, Ende, aus, vorbei. Daher bleibt mir keine andere Wahl, als vorsichtig jeden Schritt tausendmal zu überdenken.
Und ehrlich gesagt hatte ich nicht den Mumm, mich einzu-mischen, als Lycaon gekämpft hat.
[Junghyeok Yu]: Du musst vorsichtig vorgehen? Dass ich nicht lache. Hältst du dich etwa selbst für eine Konstellation, oder was?
!
[Junghyeok Yu]: Nur weil du ein wenig über die Zukunft weißt, heißt das nicht, dass du die Kontrolle über alles hast.
Ich habe mir sonst was eingebildet, weil ich die Originalgeschichte gelesen habe.

Ich dachte, dass ich schon mit jeder Wendung der Geschichte klarkommen würde.
Drei Wege, die Apokalypse zu überleben
Vielleicht ist aber genau das der Grund, warum die Situation so aus dem Ruder gelaufen ist.
Verdammt, Junghyeok könnte tatsächlich recht haben.
Nur weil ich das Original kenne, heißt das noch lange nicht, dass ich wirklich allwissend bin…
KNRK
[Deine Spezialfähigkeit **Vierte Wand** wird aktiviert.]
[Dokja Kim]: Dann kämpf du toller Typ doch mal. Überlass das nicht einfach einem Kerl wie mir.
…
Wie erbärmlich…
[Junghyeok Yu]: Vielleicht brauchst du den **Pfad des Windes** gar nicht, um ihn zu besiegen.
[Dokja Kim]: Was faselst du da? Nur damit ist er doch zu besiegen!
[Junghyeok Yu]: Mein Attribut ist **Pro-Gamer**. Was ist deins?
[Dokja Kim]: Was?
SWUSCH

[Junghyeok Yu]: Ich frage dich, worin du gut bist.
Worin ich gut bin?
Oh?
STOPP
Wieso rennst du denn nicht weiter? Willst du etwa kämpfen? Ernsthaft jetzt?
Hast du schon vergessen, wie ich dir gerade eine reingeballert habe?

Ah... Ich habe das Gefühl, als würde ich irgendwas Wichtiges übersehen.
Konzentrier dich. Worin bist du gut?
Ich bin ein guter...
... Leser.
[Lvl. 1 deiner Spezialfähigkeit Allwissender Leser wurde aktiviert!]
TAPP

rechte Schulter
[Ein Satz, der vom Gott der Seekriegsführung hinterlassen wurde, umhüllt dein Schwert.]
[Das Stigma Schwertlied wird aktiviert!]
HEUTE BLICKE ICH AUFRECHT DEM TOD INS AUGE. ICH BETE ZUM HIMMEL, DASS ICH MEINE FEINDE ZU FALL BRINGEN KANN.

[Im entschlossenen Anblick des Todes werden deine Kampf-fähigkeiten gesteigert.]
[Die Klinge des Glaubens wird aktiviert!]
Kopf

Du schlägst dich gar nicht so schlecht.
Kopf
Kopf
Kopf
Kopf
Kopf
Kopf
Kopf
TSCHA
CK
[Ilsang Myeong ist von deiner Standhaftigkeit beeindruckt.]
[Dein Verständnis von Ilsang Myeong ist gestiegen.]

Verdammt... Nur mit den Infos aus DWDAZÜ kann ich ihn nicht besiegen.
Was bringt es, wenn ich ihm nicht ausweichen kann?
Ich kann nicht gegen ihn kämpfen, wenn ich gleichzeitig jeden Schritt von ihm berechnen muss.
Sollte ich das Gangpyeongui benutzen?
Wenn ich die Konstellationen um Hilfe bitte, kann ich ihn zwar besiegen...
... aber ich will nicht schon wieder in der Schuld von irgendjemandem stehen.
Verdammter Mist! Wenn ich doch nur auch irgendeine Superpower hätte.
Oder wenn ich wenigstens die Fähigkeit einer anderen Person klauen könn...

Oh? Warte mal…
Eine Fähigkeit klauen?
Ich Idiot!
Wie konnte ich das nur vergessen?
Was zur…?! Willst du etwa wirklich weiter gegen ihn kämpfen?
FLAPP
FLAPP
FLAPP
?!
[Charakterlesezeichen wird aktiviert]

[Verfügbare Lesezeichen: 4]
e der als Lesezeichen gespeicherten
1. Wahnhafter Dämon Namwoon Kim
2. Stahlklinge Hyeonseong Lee
3. Aufhetzer Inho Cheon (Verständnis 20)
Ein leeres Lesezeichenfeld ist noch übrig.
3. Aufhetzer Inho
4. Leer
TIPP
[Liste der möglichen Charakterlesezeichen]
1. Giftschönheit Seolhwa Lee (Verständnis 10)
2. Schönheitskönig Jiwon Min (Verständnis 25)
3. Tyrannenkönig Yonghu Jeong (Verständnis 10)
4. Stubenhocker Donghoon Han (Verständnis 30)
5. Prophet Anna Croft (Verständnis 1)
6. Waffenlord Pildu Gong (Verständnis 30)
Dachte ich es mir doch, dass Junghyeok nicht zur Verfügung steht.
TSCHACK
DONK
WOMM
Und Leute wie Sangah oder Gilyeong sind nicht dabei, weil sie eben keine **Charaktere** sind.

!
GRINS
Gefunden.
Wusste ich doch, dass er dabei sein muss.
Wie konnte ich nur vergessen, dass er ja auch ein **Charakter** ist?
[Das Level deiner Fähigkeiten bestimmt die Nutzungsdauer des Lesezeichens]
[Nutzungsdauer: 30 Minuten]
[Dein Verständnis von diesem Charakter ist sehr hoch. Du kannst dir eine seiner Fähigkeiten aussuchen.]
!
Hä? Du hast die Fähigkeit doch nicht erlernen können?!
FYUUUUIII

TSCHACK
TSCHACK
KRA
WUMM

WOMM
Oh? Du bist ja richtig flink gewor-den.
Ah, jetzt weiß ich's.
TSCHRRRT

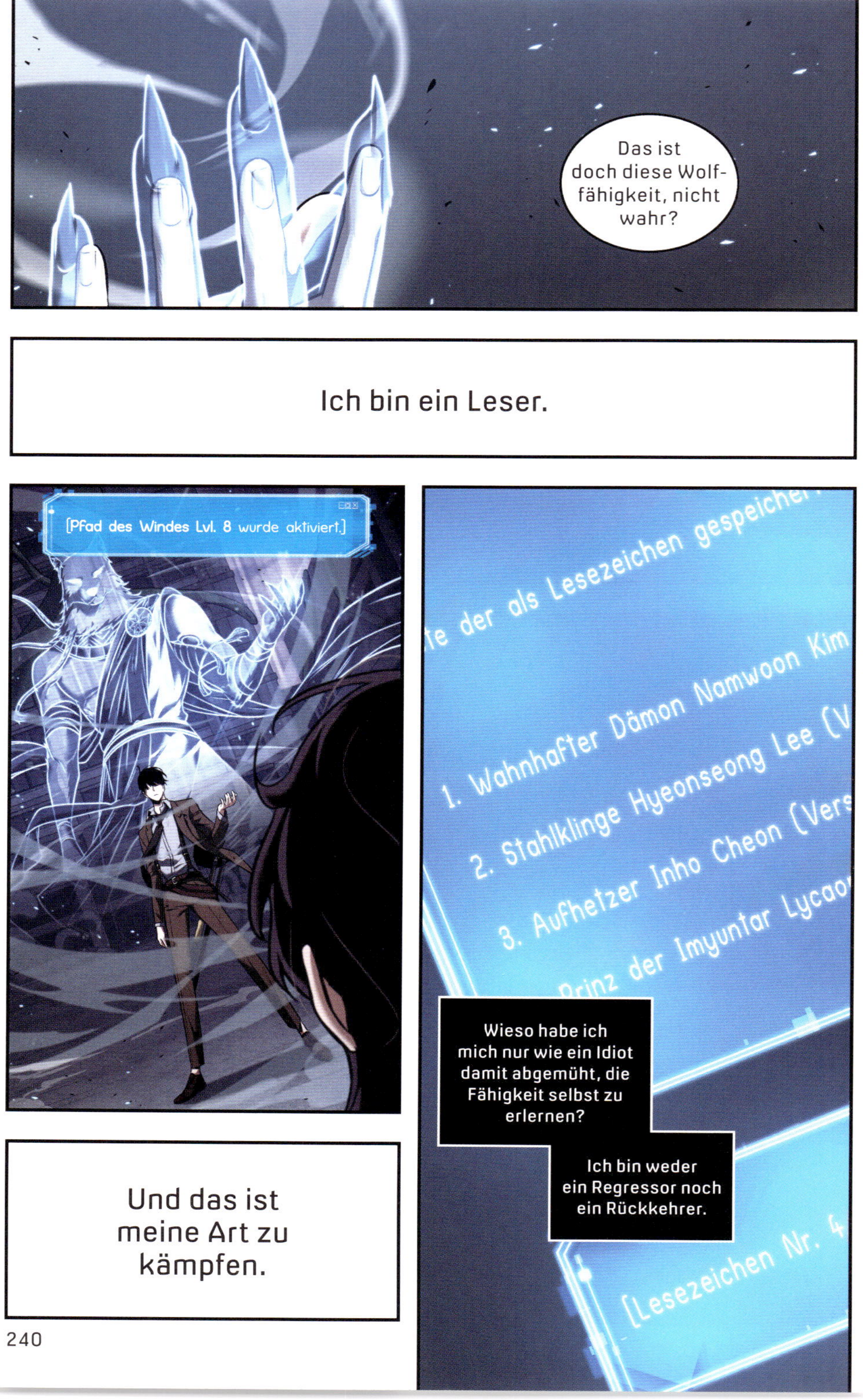
Das ist doch diese Wolf-fähigkeit, nicht wahr?
Ich bin ein Leser.
[Pfad des Windes Lvl. 8 wurde aktiviert.]
Und das ist meine Art zu kämpfen.
der als Lesezeichen
1. Wahnhafter Dämon Namwoon Kim
2. Stahlklinge Hyeonseong Lee
3. Aufhetzer Inho Cheon
Prinz der Imyuntar
Wieso habe ich mich nur wie ein Idiot damit abgemüht, die Fähigkeit selbst zu erlernen?
Ich bin weder ein Regressor noch ein Rückkehrer.
[Lesezeichen Nr.

Mit einem Orkan in meiner linken Hand...
... und einem Sturm in meiner rechten Hand...
... wird der **Pfad des Windes** sich dort treffen, wo »gerade« und »kurvig« aufeinanderstoßen.
Was mir bis eben noch wie kompletter Unsinn vorkam...
... ergibt plötzlich absoluten Sinn.
Du tust ja gerade so, als hättest du eine große Erleuchtung gehabt, nur weil du deine lausige Fähigkeit einsetzt.
Weißt du was?
Ich habe mit dieser Hand hier deren König umgebracht.
!

[Ilsang Myeong setzt
Blinzeln Lvl. 1 ein.]
Schon wieder Blinzeln?!
WUSCH
Ist er los, um neue Leute für seine Fragen zu finden?
WUSCH
Hey, wie heißt du?
Was...

KRRNK
[Das 20. Siegel des Rückkehrers Ilsang Myeong wurde gebrochen.]
Hihi, das kitzelt.
Mist, ich komme eine Sekunde zu spät!
Der **Pfad des Windes** wird niemals reichen, um ihn umzubringen.
Ich muss wohl doch **diese** Fähigkeit benutzen.
Das Problem ist nur…

... dass
jemand dafür et-
was Zeit schinden
müsste...
SWUUUSCH
Oh?

KRA
!
WOMM
Was war das? Irgendwas ist plötzlich vom Himmel gefallen…

Junghyeok?
Ach, du Scheiße. Der will sich doch wohl nicht ausgerechnet jetzt an mir rächen...?!
Hat der Kerl nicht gesagt, dass es zwei Tage dauern würde, bis er wieder auf den Beinen ist?
Fang an.

Ich halte ihn solange auf.

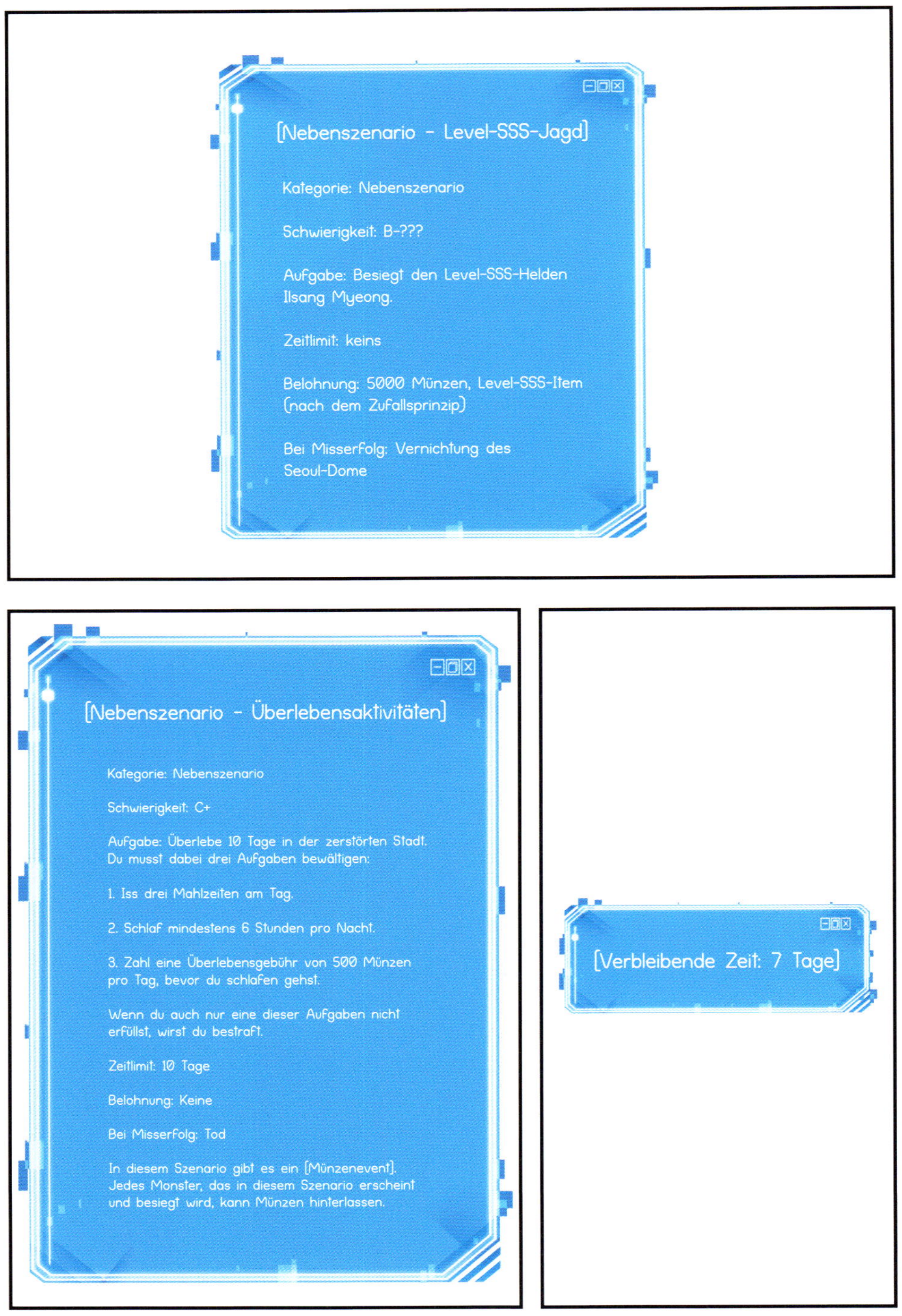
[Nebenszenario - Level-SSS-Jagd]
Kategorie: Nebenszenario
Schwierigkeit: B-???
Aufgabe: Besiegt den Level-SSS-Helden Ilsang Myeong.
Zeitlimit: keins
Belohnung: 5000 Münzen, Level-SSS-Item (nach dem Zufallsprinzip)
Bei Misserfolg: Vernichtung des Seoul-Dome
[Nebenszenario - Überlebensaktivitäten]
Kategorie: Nebenszenario
Schwierigkeit: C+
Aufgabe: Überlebe 10 Tage in der zerstörten Stadt. Du musst dabei drei Aufgaben bewältigen:
1. Iss drei Mahlzeiten am Tag.
2. Schlaf mindestens 6 Stunden pro Nacht.
3. Zahl eine Überlebensgebühr von 500 Münzen pro Tag, bevor du schlafen gehst.
Wenn du auch nur eine dieser Aufgaben nicht erfüllst, wirst du bestraft.
Zeitlimit: 10 Tage
Belohnung: Keine
Bei Misserfolg: Tod
In diesem Szenario gibt es ein [Münzenevent]. Jedes Monster, das in diesem Szenario erscheint und besiegt wird, kann Münzen hinterlassen.
[Verbleibende Zeit: 7 Tage]

OMNISCIENT READER

EP. 18

Omniscient Reader's Viewpoint

Boah, fuck... Die Hauptfigur spielt echt in einer anderen Liga.
SRRT
Langsam wird's nervig.
Wenn ihr euch so aufführt, komme ich wirklich noch wie ein Böse-wicht rüber.

SWUSCH
SRRT

TSCHACK
WOMM
WAMM
Urgh, ich bin wie erwar-tet noch nicht wieder fit.
TSCHACK

Dokja,
beeil dich…
Vier Winde begegnen sich, um eine Festung zu formen…
… und weitere vier Winde begegnen sich, um ein Trigramm zu formen…

TSCHACK
GRAP

WOOOOSCH
?!
Was ist das denn? Was soll das werd...

… sodass Wind
überall und nirgendwo
existiert.
FYUUUUIIII
FYUUUUIII

Ein Vakuumgefängnis.
Das ist genau der Grund, weshalb ich den **Pfad des Windes** erlernen wollte.
Das ist die beste Methode, um die **Katastrophe der Fragen** zu besiegen.
!
!!!
?!
[Lvl. 2 deiner Spezialfähigkeit **Allwissender Leser** wurde aktiviert!]

Was zur Hölle...?!
Warum bekomme ich keinen Ton raus? Ist das Magie?
MURMEL
!!!
[Der Katastrophe der Fragen wurde eine Strafe auferlegt.]
[Die Kraft des Rückkehrers Ilsang Myeong wurde geschwächt.]
Urgh... Ich krieg... keine Luft mehr...
[Das 24. Siegel des Rückkehrers Ilsang Myeong wird wieder instand gesetzt.]
Aaah, nein!
Urgh!
Verdammt, das verbraucht Unmengen an Mana!
SCHWITZ
Die Katastrophe der Fragen stellt diese ganzen Fragen nicht nur...
... um die Siegel zu brechen und ihre alte Macht zurückzuerlangen.

Wenn er zu lange keine Fragen stellt...
... werden die Siegel wieder instand gesetzt und seine Macht verringert.
Shit!! Lasst mich hier raus! Und zwar sofort!!
[Das 23. Siegel des Rückkehrers Ilsang Myeong wird wieder instand gesetzt.]
[Das 22. Siegel des Rückkehrers Ilsang Myeong wird wieder instand gesetzt.]
So leicht er seine Macht auch zurückerlangen kann, so leicht kann sie ihm auch wieder genommen werden.
Schließlich muss es ein faires Spiel sein.
Diese Dokkaebi achten unerwarteterweise auf so was.
[Das 21. Siegel des Rückkehrers Ilsang Myeong wird wieder instand gesetzt.]
Verdammt noch mal!
Verflucht!

Ich muss so lange durchhalten, bis die alten Siegel wieder instand gesetzt sind!
Wenn ich das Vakuumgefängnis verkleinere, sodass es ganz genau um seinen Körper passt...
... würde das vermutlich weniger Mana verbrauchen.
Aber warum ist das nur so schwer zu kon-trollieren?
Aaah!
Diese kleinen Ratten!
[Das 19. Siegel des Rückkehrers Ilsang Myeong wird wieder instand gesetzt.]
Versuch es nicht mit Gewalt zu kontrollieren, son-dern leite den Wind einfach an.
!

HNNG
Sieh es nicht als Mauer an, die du um ihn herumbaust...
... sondern nimm ihm die Materie, die ihn umgibt.

Aaah!
!
FYUUUUUUU
FYUUUUUUU

?!
Urgh, aaah, waaaah! Ich kriege keine Luft mehr!
Genau so.
Du bist wohl doch nicht komplett talentfrei.

[Der Rückkehrer Ilsang Myeong setzt große Rote Feuerkanone ein.]
Oh nein, da drüben sind Menschen!
W...Was ist das? Eine Katastrophe?!
Dokja, komm ja nicht auf dumme Gedanken.
Es kann uns egal sein, ob diese Menschen sterben.

Bei manchen magst du vielleicht recht haben.
Aber das gilt nicht für alle.
Ich kann das. Er ist jetzt geschwächt.
Er muss all seine verbliebene Kraft zusammengekratzt haben.
Außerdem habe ich das Gefühl, als wäre es jetzt einfacher geworden, den Wind zu kontrollieren.
STAPF
Als ob mein Körper...

... eins mit dem Wind
geworden wäre...
[Das Talent, das in deiner Seele
geschlummert hat, erwacht.]

Mit einem Orkan in meiner linken Hand...
... und einem Sturm in meiner rech-ten Hand...

Ah...

So fühlt sich das also an.
SANG MYEONG
FLEHEN UM IHR LEBEN

So sehen die **Charaktere also** die Welt.
DIE TRAGÖDIE
AUFEINANDERSTOSSEN
DIE MENSCHEN
AUF JEDEN FALL
[Die Vierte Wand wird temporär dünner.]

Drecks-ratten! Sterbt! Steeeerbt!
WUUUSCH

Urgh!
KRNK
WOOOMM

W...Was ist das?

KHOFF
KHOFF
HAAH
HAAH
HAAH
HAAH
HAAH
HAAH

Ich werde derjenige sein, der dich umbringt.
Ich hab mich schon gefragt, warum so wenig Mana verbraucht wurde.
Hat Junghyeok etwa sein Mana auf mich übertragen?
Wow...
Aber seit wann steht er eigentlich hinter mir?
[Alle Siegel des Rückkehrers Ilsang Myeong wurden wieder instand gesetzt.]
[Deine Spezialfähigkeit Pfad des Windes Lvl. 8 wurde deaktiviert.]
WOMP

Krgh, khoff! Khoff!
Krrrgh!
Noch eine Frage, und du bist tot.
D...Das ist doch un-möglich...
Ilsang Myeong war ein einfacher Schüler von 17 Jahren.
Er war nur ein naives Kind, als er auserwählt wurde, um als Held Chro-nos zu retten.
Ich bin doch eindeutig in die-ser Welt der... der...
Wahrscheinlich wollte der Kerl nicht so enden.

... Held...
[Dein Verständnis von Ilsang Myeong ist gestiegen.]
ZIIING
Krgh!

POFF
[Du bist der Erste in dem Szenario, der gegen einen Rückkehrer gekämpft und gesiegt hat!]
[Hauptbeteiligte: Dokja Kim, Junghyeok Yu]

[Du erhältst 40.000 Münzen als Belohnung für deine Errungenschaft.]
[Du hast eine neue Sage erreicht.]
[Die Sage Der gegen ein Wunder gekämpft hat wurde hinzugefügt.]
[Du hast die Möglichkeit für ein neues Stigma erhalten.]

Omniscient Reader's Viewpoint

NEXT

Das erwartet euch in Band 10!

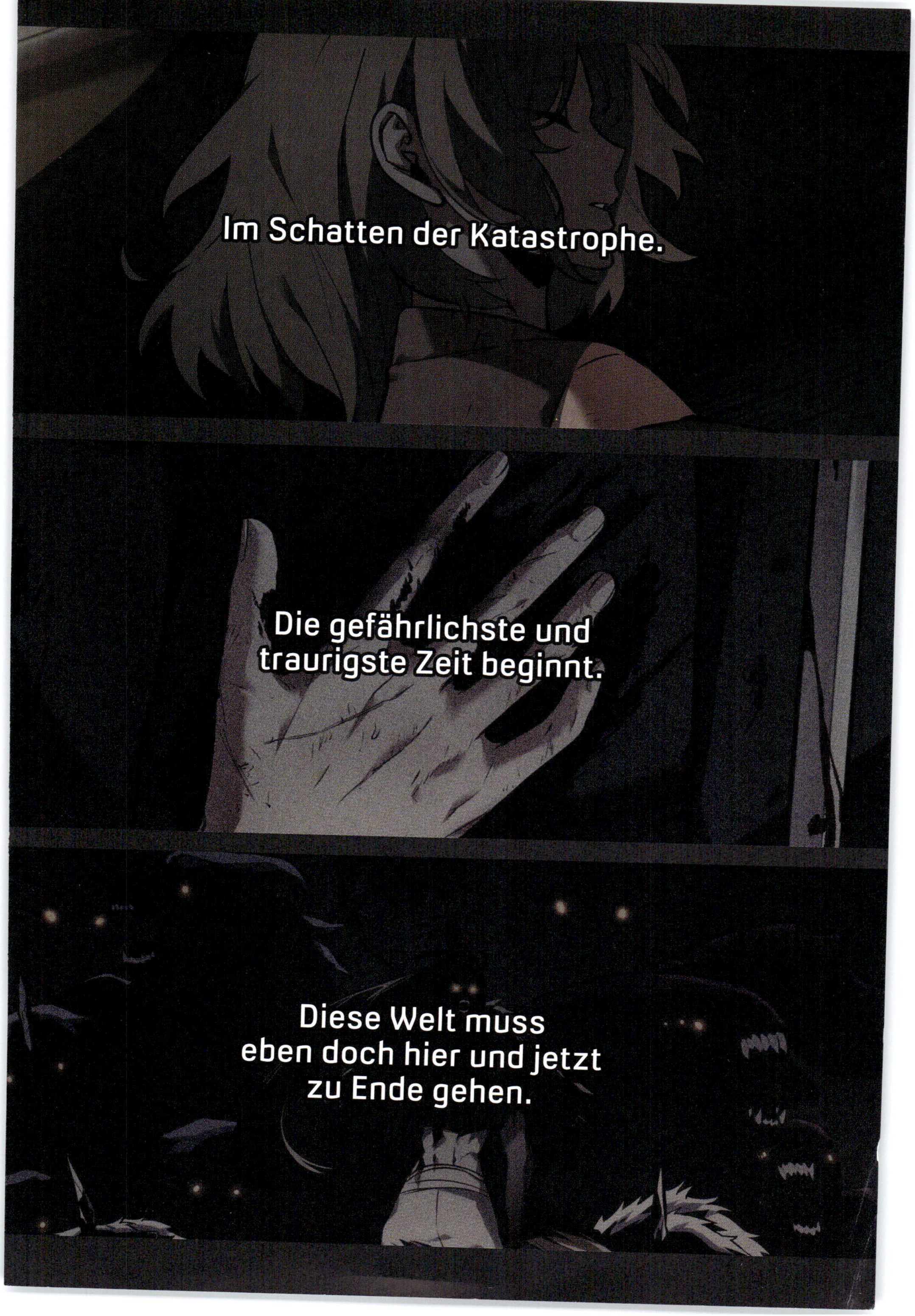
Im Schatten der Katastrophe.
Die gefährlichste und traurigste Zeit beginnt.
Diese Welt muss eben doch hier und jetzt zu Ende gehen.

Omniscient Reader's Viewpoint

C Lines
2025 Carlsen Verlag GmbH
Völckersstraße 14–20 • 22765 Hamburg
Aus dem Koreanischen von Jessica Walther
OMNISCIENT READER'S VIEWPOINT

German edition published by arrangement with
REDICE STUDIO through RIVERSE Inc.
Covergestaltung: Sonnenfisch Production – Laura Bartels
Textbearbeitung: Beatrice Tavares
Redaktion: Lena Dilger
Produktionsmanagement: Lena Voigt

ISBN: 978-3-551-63035-3

carlsen.de/webtoons
carlsen.lnk.to/CarlsenSocialMedia
hayabusa_manga
carlsen_manga
carlsen_hotpot

PRODUZIERT MIT VERANTWORTUNG

MIX
Papier | Fördert
gute Waldnutzung
FSC® C002795

Mit Fragen zur Produktsicherheit wenden Sie
sich bitte an: carlsen.de/kontakt